NATIONAL GEOGRAPHIC

国家地理神话故事宝库

世界魔法故事

[美国] 唐娜·乔·纳波利 著
[英国] 克里斯蒂娜·巴利特 绘
张芸 译

译林出版社

前言

这是一本由魔法串联起来的世界故事集。每一篇故事都有它的口述发源地——也就是说，这些包括诗歌和颂歌在内的口述故事都是人们通过声音和手势讲述出来的。许多研究文化演变的学者认为，人类曾有数万年都生活在黑暗中，他们在夜间围坐篝火旁时会互相讲故事。于是，那些原本孤独或令人恐惧的夜晚时光就被故事填补了。

与神话故事不同，本书集结的魔法故事不是为了赞美神，无关任何宗教准则。它们并不会告诉你最好怎样度过一生，也不尝试解读自然现象。这些故事扎根于它们的时空，同时又和许多其他传统故事有着明显的区分。当我们谈到传统，通常指的是宗教、语言、音乐、食物、服饰、居所……那些我们能轻易辨认出的事物，那些与特定的时间、空间绑定在一起的事物。与这些概念不同的是，本书故事里的传统，囊括的是一代又一代人的希冀和恐惧——那些短暂的、无法简单定义的事物，它们不局限于某一特定的文化，而是属于我们全人类。从某种意义上说，此书中的故事为我们记录了一部人类精神史。

我常常复述神话传说。重述这些故事的时候，我尽量在自己的能力范围内保持原故事的细节和腔调。不过在本书中，我游离于这两点之外，因为我的重心在于讲述每个故事中的希冀和恐惧——这一传统可以属于任何一个地方、任何一段时间，所以我在写这本书的过程中牢记现代人的感性。我把这些故事带给当代的儿童们，我期待的讲故事的方式是：在我们环顾当下世界之时，仍然能从这些遥远、古老的故事中收获真理。这对我来说是个愉快的挑战。

这一类故事让我们哭、让我们笑、让我们发抖、让我们愤怒……这些情绪有时来自我们自身的弱点和困惑。本书的故事迫使我们面对一些在当下世界不容易探讨或者根本就不被允许探讨的话题。偶尔的不公、突如其来的损失——这些都是普遍现象。对安逸、奢华的生活的渴望会形成一股暗流。

围坐在一群讲故事的人身边，听他们说出这些棘手的话题，读到故事中的人物做的那些傻事，我们会感到些许宽慰，那副总是要为人生负责的担子也就轻了些。故事里的那些人物冒险做出的选择也让我们自己在做选择的时候更加大胆。书中人物得到的教训——有些是十分惨痛的教训——让我们在安全的前提下想象自己如果冒失鲁莽，会有怎样的后果。但最重要的是，书中的人物像我们一样有时心怀梦想，有时畏畏缩缩，这提醒了我们：大家都不过如此。故事让一个集体团结起来的能力，不亚于大家朝着共同目标努力带来的凝聚力。

传统的口述故事在变成书面文字之时，可能会失去一些魅力和感染力。口述故事多趋于重复，但是文字的重复会惹人厌烦。而且在口述传统中，讲述人和听众是可以互动的，会互相影响的。所以，我希望你可以与周围的某个人大声分享这些故事。来吧，带着你自己的音调、手势和肢体动作去讲这些故事吧。我选择这些故事是为了让你们笑起来，微笑也好，大笑也罢。希望你爱上这本书，就像我爱上了编写这些故事。

目录

意大利
会说话的鸟

从前有个穷困的男人靠贩卖草药为生，这些草药都是他从森林和城墙脚下捡来的。男人有三个女儿，她们靠纺纱和售卖纱线为生。羊群在被赶往草地途中穿越灌木丛，羊毛被刮下来挂在树枝上，她们就这样获取纺线的羊毛。男人死后，三个女儿越发穷困潦倒了。

这个城市的国王是个忧心忡忡的人。每到晚上，他就躲在家家户户的门外，偷听里面的人谈话。他很想知道百姓是怎么议论他的。这天晚上他听到了三姐妹的对话。

大姐说：“如果我嫁给王室管家，我保证每个人都有水喝。我会倒上一杯水，让人们轮流喝，水杯怎么也喝不空。”

二姐说：“如果我嫁给王室制衣总管，我保证人人都有衣服穿，我会有一块永远也裁剪不完的布料。”

小妹说：“如果我嫁给国王，我们会生三胞胎——两个儿子手握苹果，而女儿的额头上有一颗星星。”

第二天早上，国王命人将三姐妹带到他跟前。他递给大姐一杯水，对她说：“把你昨天晚上说的话证明给我看。”

大姐把水杯递给一个又一个王室仆人。他们喝完一杯又一杯水，而水杯仍然是满的。每个人都很震惊，大姐也不例外。其实姐妹们昨天的闲谈不过是做做白日梦罢了。国王很满意，对她说：“从现在起，你就是王室管家夫人了。”

国王把一块布和一把剪刀递给二姐，“现在轮到你来证明昨晚说的话了。”二姐拿出剪刀为每一个仆人裁剪布料，那块布却怎么剪也剪不完。二姐十分吃惊。国王这一次同样很满意，告知她：“从现在起，你就是王室制衣总管夫人了。”

国王转身对最小的那个妹妹说：“我会给你机会证明你说过的话。你将成为我的王后。若你如昨晚所说，给我生下三胞胎，那么你此生就无忧了。如果你不能兑现昨晚的话，那就会有祸患找上你。”

小妹听了国王这番话，惊恐地眨了眨眼。不过她的两个姐姐运气都不错，她也就有了希望。就这样，她当上了王后。

她的两个姐姐尽管已脱离了贫困，却仍旧是仆人。面对当上王后的小妹，二人逐渐生出嫉妒心，她们开始痛恨她。

小妹很快就怀上了国王的孩子。就在她生产前不久，国王向另一个王国宣战。临行前，他交代仆人：如果王后生下三胞胎——两个男孩手握苹果，一个女孩额上有星星的话，那就都好。如果不是这个情况，仆人们就要向他禀报。说完，他就踏上了征途。

小妹真如她预言的那样生下了三胞胎。她带着感激和惊叹，一一亲吻三个婴儿。谁知那两个嫉妒她的姐姐暗中收买了奶妈，让她把孩子们抱走，又抱回来三条小狗。国王得知王后生了三条小狗的消息后勃然大怒，罚王后在踏车房做苦力。王后卖力地踩踏车，只为保持起重机的运转，那是用来修建新教堂的。

奶妈把三个婴儿带到了城墙外，扔在野地里，只等野兽来吃了他们。但是三个仙女恰巧经过。

“多么可爱的孩子啊！我要赐予他们礼物，送他们一只麋鹿当奶妈。”

“我给他们一个钱包，里面有永远也花不完的钱。”

第三个仙女说：“我要给他们一只能够预测危险的戒指，危险要降临的时候，戒指就会变色。”

那只麋鹿带大了三个孩子。在他们成年后的某天，第一个仙女回来了，说：“我给你们带了些合适的衣服，你们去城里的宫殿对面租一处房子吧。”

于是，三个年轻人搬进了城里。有了那个源源不断提供金钱的钱包，三人过得很好，他们把家里装潢得如宫殿一般。

他们的姨妈仍在宫中做事，很快就注意到了三个孩子。惊恐之下，她们质问老奶妈：“你当年怎么处理的啊？我们的侄子侄女还活着！看看两个侄子手里的苹果！看看侄女额头上的星星！天哪，看看你惹的麻烦！”

“别担心，”奶妈对两个姨妈说，“这事交给我来处理。”一天，她待两个男孩出门，便和女孩攀谈起来。奶妈说：“虽然你已经拥有了那么多，但是要获得真正的幸福，你还需要一样东西。”她凑到女孩跟前说：“舞动的水。你的哥哥们如果爱你，就会帮你获得这会跳舞的水。”

等到一个哥哥回家，小妹说：“如果你爱我，就得去帮我找来会跳舞的水。”

这个男孩不知道何为舞动的水。但他深爱自己的妹妹，便毅然踏上寻找之路。

途中他遇到一位隐士。对方问他：“这位骑士要去何方？”

年轻人回答：“我要去取舞动的水。”

“什么？你这是走上了一条死亡之路。继续往前走，你会遇到另一位比我年长的隐士。”

男孩有些畏缩，不过他爱妹妹至深。他一路前行，直到遇见第二位年长的隐士。这位隐士跟他说了同样的话。男孩害怕得打了个哆嗦，但仍旧往前走。这一次他遇见了第三位隐士，此人十分苍老，白花花的胡子一直垂到了脚边。

这位隐士告诉他："登上那座山，山顶有一座房子，前面是一扇美丽的大门。守门的是四个巨人武士。听好了，巨人闭着眼时，别进去；当他们睁开眼时，再进去。你会走近一扇门。如果门开着，不要进去；如果门关着，可以推门进去。你将看到地上趴着四头狮子。如果它们闭着眼睛，不要走过；只有狮子的眼睛睁开时，才可以经过它们。那时你将看到舞动的水。"

待在家中的小妹此时转动着手指上的戒指。戒指保持绿色没有变色，她得以确定哥哥是安全的。

哥哥花了好几天才爬到那座山的山顶。大门前的四个巨人闭着眼，他只好等待。待到巨人睁开了眼睛，他穿门而入。眼前的这扇门是开着的，他再次等待。待到门关上，他才打开门走进去。横在他面前的是四头闭着眼的狮子，男孩等到狮子睁开眼才从它们身旁走过。终于找到舞动的水了！他灌了一壶又一壶，然后等到狮子再次睁开眼时，逃出了那个地方。

此刻城里的两个姨妈开心极了。那个去寻找会跳舞的水的侄儿肯定已经死了。

可这是怎么回事？侄儿竟然活着回来了！

姨妈叫人做了两个金水盆，又叫奶妈偷偷潜入三个年轻人的房子，把水盆并排放好。二人悄悄躲在窗户外面，只见侄儿把水倒进一个脸盆，水便跳跃到另一个脸盆中又跳回来，在两个脸盆之间来回跳动。这真是舞动的水！两个姨妈把老奶妈狠狠责骂了一顿，说："都是你干的好事！都是你！"

又是小妹单独在家的某天，奶奶再次来访。她对小妹说："舞动的水当然美丽，但是它无法与会唱歌的苹果相比。会唱歌的苹果能带给你至高无上的幸福。如果你的哥哥们爱你，他们会帮你拿到这个苹果的。"

小妹叫同一个哥哥去帮她找会唱歌的苹果。途中他再次遇见那三位隐士。他来到山顶，经过那四个巨人武士、开开关关的门和眼睛睁睁闭闭的四头狮子。在他面前的是一把园艺剪刀。剪刀是闭合的状态，他等到剪刀张开之际，才走过来到一棵树下。男孩爬上树，摘下苹果，跳上马，踏上了回家的路。

此时，城里的两个姨妈开怀大笑，她们确定，就算侄儿的运气再好，也不可能侥幸脱险两次。可偏偏这个年轻人还真带着会唱歌的苹果回来了！两个姨妈又跑去质问奶奶，奶奶再次找到了小妹。这一回她告诉小妹，要想得到世间最大的幸福，她需要那只会说话的鸟。

为她取回舞动的水和会唱歌的苹果的那个哥哥再一次上路了。这一次，他

要寻找会说话的鸟。男孩途中遇见了那三位隐士，爬上了高山，经过了那四个守门的武士、开合的门和那四头狮子。他走进一座花园，花园里有一处喷泉和若干雕像。喷泉的中间是一个水盆，会说话的鸟就栖息于此。

鸟儿大叫："你这个傻子！你的两个姨妈把你送上了死路啊。你的母亲还在踏车上做着苦力，你的命比她也好不到哪里去。"

他的母亲？三位隐士曾指示他不要跟这只鸟儿对话，他只需摘下鸟翅膀上的羽毛，在油瓶里蘸一下，去点一点花园里的雕像就好。但他听闻"母亲"，便忍不住问："我的母亲在哪里？"此话一出口，男孩自己就变成了一座雕像。

在家中的小妹发现手上的戒指变成了蓝色。她对另一个哥哥说："快，去救我们的兄弟。"

二哥和大哥一样在途中遇见了那三位隐士，攀上了高山，越过重重障碍，终于来到了会说话的鸟栖息的那片花园。鸟儿又开口了："傻子啊！你的母亲还

在踏车房做着苦力，你比她的命好不到哪里去。”

“我的母亲？”二哥忍不住脱口而出。话音未落，他也变成了一座雕像。

人在家中的小妹此时看到戒指变成了黑色。这悲惨的世界！她夺门而出去寻找两个哥哥。她按照三位隐士的指导，来到了花园。这一次，鸟儿对她说：“可笑，荒唐，愚钝——你们仨都是。你的两个哥哥已经成了雕像，你的父亲在征战沙场，你的妈妈在踏车房做苦力。你的两个姨妈赢了！”

会说话的鸟飞了下来，它不知道的是，小妹可一点儿也不傻。她抓住鸟儿，从翅膀上摘下一根羽毛，在油瓶里蘸了一下，再点了点两个哥哥的鼻孔，他们就又活过来了。小妹又点了点花园里余下的那些雕像，他们都一一复活了，欣喜不已。他们曾是国王、王子、贵族、男爵，因中了巫术而成为雕像，现在这些人都自由了。

小妹和两个哥哥回到家，把会说话的鸟儿放在窗前的栖木上。

国王从战场返回，注意到宫殿对面那座精致的房子和住在里面的三个年轻人。他仔细瞧了瞧。那两个少年手里握着苹果！少女的额上有一颗星星！国王久久站在窗外，注视着这座谜一般的房子。他看到清水在两个脸盆之间来回舞动，他还随着苹果的歌声摆动着身体。

鸟儿发话了：“你有什么想法吗？”

国王倒吸了一口凉气。这只鸟竟然跟他说话！他努力让自己表现得冷静，说：“真是太棒了。”

“星期天请过来共进晚餐吧。”

星期天到了，会说话的鸟儿准备了一顿丰盛的宴席。国王拍着手对三个年轻人说：“你们看着就像我本该有的那三个孩子。”

到了下一个星期天，兄妹三人带着会说话的鸟儿前去宫殿享用晚餐。国王在鸟儿面前感觉自在多了，他对鸟儿说：“跟我聊聊天吧。”

鸟儿开口说：“这三个年轻人正是你的孩子。你真正的王后在踏车房做着苦力。”

国王火速赶去探望王后，将她拥入怀中，说：“请原谅我吧。”国王的怀抱当然比踏车房好多了，于是王后原谅了他。三个孩子终于和父母相认。

那两个姨妈和老奶妈的下场是什么呢？国王把她们三个交由会说话的鸟儿处置了。他终于和王后还有三个孩子团聚，别的事他都不在意了。

鸟儿的沟通方式

水不会舞动，苹果也不会唱歌，但有些鸟确实会说话。譬如鹦鹉经过训练能说人类的语言。不过科学家们并不知道鹦鹉是否理解自己说出的词语。但有一点可以肯定，鸟儿的确是会用声音跟彼此交流的：它们会用唱歌、短鸣、叽喳、尖声、口哨、长鸣等各种各样的方式与其他的鸟儿交流。不少鸟类在传达一些普遍的信息时会使用特定的曲调，比如预备孵化，或是警告其他鸟儿离开自己的属地时。一些看似相同的鸟，歌声可能相差很多，因此无法识别彼此。有些学者认为，通过鸟儿们歌声的差异，就足以将它们归类为不同的群体。

英国

迪克·威廷顿的猫

迪克·威廷顿是个苦命的孩子。他从小就没了爹娘，也没留下任何关于父母的记忆。从他记事起，自己就是一个人。迪克住在一个小村庄，他总能找到过夜的地方——灌木丛下，河边倒扣的小船，或者干脆钻进鸡笼里睡一晚。他也不缺衣服穿，村里的妈妈们会把自己孩子穿小了的衣服送给他。但一日三餐是个问题。这孩子总是饥肠辘辘。

一天，一个衣着华丽的花花公子来到了这个小镇。镇上的人们交头接耳地议论这个男人多么有钱。他胖胖的脸颊泛着红光，圆滚滚的肚子鼓起。迪克·威廷顿可以肯定，这个男人从没有饿过肚子。

“这个人是怎么发财的呢？”迪克问身边的人。

“他从伦敦来的。”

“在伦敦每个人都很有钱。”

“伦敦的街道都是金子铺就的。”

金子可以用来购买食物。而迪克·威廷顿需要食物。于是他便上路前往伦敦。很快，远处来了一辆颠簸的四轮马车。车夫很友善，同意载迪克一程，带他去伦敦城。

这可真是个让人开眼的城市啊！一座座大房子高耸入云，路上车水马龙，马蹄声不绝于耳。街道上布满了泥土，却没有黄金。

迪克在一处房子前跳下来，揉了揉眼睛。

一个女人拿着一把扫帚指着他说：“滚开，你这个破小孩！”

就在这时候，一个男人从路边走来。“厨子，等一下，”他说，“我们得有点儿慈悲心。”男人正是这座房子的主人。厨子见状退后一步，迪克跟着男主人一起进了门。

迪克的生活大大改善了，他在厨房帮工，终于不再挨饿了。但他仍有难处，厨子不喜欢他，总是趁着没人的时候拿扫帚抽打他。尽管迪克现在有了自己的卧室，可是这里老鼠泛滥成灾，晚上睡觉的时候老鼠都会爬上他的脸。

迪克知道该怎么对付这些老鼠。他挣到了一点儿钱，就跑去捕鼠人那里买了一只猫。

捕鼠人冲他眨了眨眼，说："这只猫最好。"

他的话真假难辨。不过这只猫强壮又凶猛，把这一窝老鼠吃了个精光。每次干掉了老鼠，它都在迪克身旁蜷成一团，满足地打呼噜。

这家的男主人经营一艘商船。他问家中亲眷仆人想不想赚点外快，有没有什么东西要托他带到海外去售卖。

迪克除了这只猫一无所有。他很喜欢这只猫，但是他来伦敦的初衷是为了挣钱，于是他把猫交给了主人。

在主人出海后，厨子对迪克越发刻薄，与此同时，被消灭的老鼠又成群繁殖了。晚上没有了猫躺在迪克的胸口，他很难入睡。痛苦不堪的迪克决定逃离这里，但就在他走上街头那一刻，教堂里的钟声发出了这样的讯息：

咚！迪克·威廷顿憎恶老鼠。

咚！总有一天你会当上伦敦的市长大人。

咚！不是一次，也不是两次，而是三次。

什么？教堂的钟声会说话？市长大人？还当选三次！迪克揉了揉耳朵，心

鼠患

迪克·威廷顿确有其人，他在中世纪任伦敦市市长，不过关于他是否养过猫，就不得而知了。在他生活的那个年代，伦敦鼠患是个严重的问题。由于屠宰场和街道上遍布垃圾，老鼠大肆繁殖。一年之内，一只母老鼠就可以繁衍一万五千只小老鼠。因为老鼠身上的跳蚤携带致病的细菌，科学家认为，正是大量老鼠导致了伦敦在 1348 年至 1665 年间暴发近四十次鼠疫。

想，那还是待在伦敦吧。于是他回到了商人的家里。

此时，商人抵达了一处遥远的岛屿。当地的国王和王后设宴款待他。就在一盘盘丰盛的菜肴端上桌之时，一群老鼠突然从四面八方窜来。这片土地仿佛被魔鬼入侵了。接着，老鼠们将菜肴吞食一空。

“可恶！”国王发话了，“我恨透了这些老鼠。它们从不让我吃顿安生饭。”

商人注视着眼前的这番惨象有些困惑，但他随即露出了微笑，“我这里有一样东西，正好能解决你的问题。”说着他掏出迪克·威廷顿的猫，猫儿欢快地扑向了鼠群。

国王重新设宴，这一回大家都可以安安稳稳地用餐了，迪克·威廷顿的猫干掉了一只又一只老鼠，然后跳到王后的腿上，满足地打起了呼噜。王后喜笑颜开。

国王和王后送给商人满满一船黄金，作为这只猫的报酬。

商人返回了伦敦，诚实守信的他把这一船黄金如数交给了迪克·威廷顿。

迪克体验过贫穷，他一点儿也不喜欢这段经历。于是，他用这些钱帮助生活在伦敦的人，他对他们不论贫富一视同仁。他修建了医院，清理了贫民区的臭水沟，还建了一所民众急需的公共澡堂。迪克的所作所为深得伦敦人民的爱戴，他三次当选市长。

说到那只猫啊，它直到过世，都享受着贵族般的生活。

所以说，不管你的起点是什么，终点都是未知的。你可能当上伦敦的市长，也可能成为王室捕鼠人。

匈牙利
穷小子和金色羔羊

从前有个穷人，他有个儿子。儿子正是长身体的时候，个头越长越高，他的饭量也越来越大。穷男人爱子心切，但是要让孩子填饱肚子，他怎么负担得起？男人眼里噙着泪水，狠心把男孩赶出了家门，要他自己去外面讨生活。

男孩要找一份生计。可是临近的人都跟他父亲一样穷，他只好越走越远。终于，他遇到一个拥有羊群的男人。这个男人同意雇用男孩当牧羊人，前提是他必须证明自己可以胜任这份工作。

男孩随身带了一支长笛，那是他自己用桃木制作的。他吹着长笛把羊群从一个草场赶到另一个草场，一路找寻更翠绿、更鲜美的草地。有了音乐的陪伴，他一点也不孤单。

对于男孩的牧羊方式，羊群似乎也挺满意，其中有一只金毛的小羊似乎格外开心。羊群里别的羊都一路小跑，可是看看这只金色小羊，时而跟随音乐欢快地跳起，时而转着圈儿逗得男孩开怀大笑。有了金色小羊这个极佳的伴侣，漫长孤单的牧羊时光也就不再那么难熬。男孩吹着长笛，小羊雀跃着，舞动着，几个小时飞一般地过去了。

结束了一天的工作，男孩被羊群围绕着返回羊舍，主人见这些羊儿很满足，他也很满意——羊儿是不是比早上出门时更肥硕了一些？赶羊的男孩精神头也很足，这个工作显然适合他。真是寻到宝了！

“我雇你帮我牧羊一年，”主人对男孩说，“你要多少钱的酬劳？”

男孩指着那只金色的小羊羔说：“先生，我不要报酬。我就想要那只小羊。”这只小羊俨然是他的新朋友了。

一只羊羔可是不菲的报酬。不过转念一想，男孩放羊放得不错，只要能有一群快乐、肥硕的羊儿，那也是值得的。主人微笑着答应了男孩的请求。

男孩牧羊一年期满，主人把那只金色羊羔给了他。男孩和小羊一同踏上了返家的路。当晚他们在一处农场逗留过夜。农场主的女儿看了一眼那只金色小羊羔，自叹从没有见过这么可爱的动物。于是，她决心把它偷走。待到夜半时分，她偷偷钻进棚子，把手伸向了那只小羊。没想到她触碰到小羊的那一刹那，手就被牢牢地粘在了羊皮上。

男孩惊醒，眨了眨眼，看到眼前的怪状，他有什么办法呢？他又睡过去了。

第二天早晨，男孩和小羊继续赶路，还带着那名农家女，因为她的手牢牢地粘在了小羊的皮毛上。男孩自然是一路走一路吹着长笛，小羊欢欣雀跃地跟着他，农家女不得不跟着一起跳舞。

一个面包师见此情形，气冲冲地对女孩喊："傻里傻气的，快停下来！"女孩无法停下，可是面包师不知道。一气之下，面包师拿起她的木板，猛拍女孩的背部。她平日用这块木板托着面团进出烤箱。面包师一边打一边喊："我叫你别跳了！"可是农家女根本停不下来。这下可好，木板粘住了女孩，面包师又粘在了木板上。他们继续赶路，现在小羊、农家女、面包师都随着男孩的长笛声一起跳舞。

这时，一个牧师正从教堂走出来，看见此景，说："你们这样成何体统！快别闹了！"可是农家女和面包师都没有听牧师的话，因为她们没办法停下来。牧师跟面包师一样脾气不小。他挥起手杖就去打面包师的头。当然了，手杖粘住了面包师的头，牧师也粘在自己的手杖上。男孩依旧吹着长笛一路前行，小羊跳着舞前行，农家女跳着舞前行，面包师跳着舞前行，牧师也跟着跳舞。

舞步

匈牙利的民间音乐和舞蹈享誉世界。许多国家的民间舞蹈都经过了严格编排，但在匈牙利，舞蹈的传统就是创意和即兴表演，这其中最为活泼的就是牧羊人舞蹈。这种舞有许多跳跃动作。牧羊人舞蹈的伴奏中，通常使用的乐器有木笛、哨子、喇叭、风笛和各种弦乐器。这种舞蹈的典型动作是旋转和下蹲。在双人舞里，男人通常会把女人举起来，抛到一边，看起来就好像要把她扔出去一样。

当天晚上，男孩和他的一众随从在一个老妇人的木屋里过夜。妇人很久没有跟人说过话了，她对男孩、小羊、农家女、面包师和牧师一股脑地说了近来的消息。其中最重要的消息当属国王女儿的悲惨命运。可怜的公主病得很重，王室医生说，她的病只有欢声笑语才能治愈。只是没人能让她微笑，更不要说开怀大笑了。国王宣告：凡是能让公主开怀一笑的人，就可以娶她为妻，成为王室成员。公主应允了。不管怎么说，她自己也不想死。如果能遇到一个让她笑起来的人，那么和这个人共度余生应该也还不错。

男孩听闻此事，跃跃欲试。他的羊羔伙伴也想一试。第二天一早，他们就赶去了城堡，准备迎接这个挑战。国王和公主站在他们面前，他们很和善，但心里充满了怀疑——这个带着形形色色朋友的男孩，到底是什么人？

男孩吹起了长笛，金色的小羊欢快地跳起舞来，农家女、面包师、牧师也跟着欢快地跳起舞来。

真荒唐！公主目瞪口呆。她大笑起来。

受惊的小羊猛地摆动了一下身体，农家女、面包师、牧师飞到空中，他们自由了！他们高兴得手舞足蹈。

男孩娶了公主，公主也乐得让金色小羊陪伴他们。农家女成了公主身边的侍女，面包师当上了宫廷糕点师。那位牧师则当上了宫廷牧师。男孩的父亲听闻这个消息，便赶来城堡，在此安享晚年。

举国上下整整一个星期都在欢庆这场婚礼。他们是怎么庆祝的？当然是欢快地载歌载舞啦。

摩洛哥柏柏尔人传说
半只公鸡

从前有个男人，他有两个老婆。这两个女人每天都要拌嘴。一个老婆聪明有见识，另一个老婆很愚蠢——这大概就是她俩每天都要吵架的原因吧。

一天，两个老婆又吵了起来，她们为谁是公鸡的主人而争执不休。于是她们把公鸡对切成两半。蠢老婆把她那半只公鸡煮了吃了。聪明的老婆没有杀掉她的那半只公鸡，尽管她知道这可怜的家伙靠着一只脚、一只翅膀、半个头是很难生存的。

半只公鸡虽然丢了一半脑袋，但是剩下的这半个脑袋依旧是它的脑袋，它还是可以思考的。它决定离开这个糟糕的家，去外面的世界看看。

黎明时分，公鸡上路了。靠着一只脚走路很累，到了中午，公鸡来到一条小溪旁休息。一匹豺狼也来到溪边喝水。半只公鸡萌生了一个疯狂的想法。它从豺狼的背上拔下一根毛，藏到自己的翅膀下面。

公鸡继续赶路。夜幕降临了，它来到一棵树下过夜。一头狮子经过，它以最快的速度从狮子身上拔下一根毛，跟豺狼的毛藏在一起。

第二天，半只公鸡在森林里溜达，它碰上了一头野猪。先前，豺狼和狮子都没有注意到公鸡。这一次，野猪很警觉，它立刻就注意到了半

只公鸡。公鸡没法悄悄地拔下野猪的毛。它弄皱了半个胸脯上的羽毛，高声啼叫：“动物里面最狡猾的要数豺狼，它给了我一根毛；动物之中最威猛的要数狮子，它也给了我一根毛。”这番言论显然并不真实，但半只公鸡可管不了那么多，它接着说：“如果你想和它们一样，那么也得给我一根你的毛。”野猪想，原来豺狼和狮子都把毛给了它，就也把自己的一根毛给了半只公鸡。

现在半只公鸡的翅膀底下有了三根动物毛，于是它萌生了一个更加疯狂的主意。它来到国王的宫殿。“听我说！”公鸡的尖声引得大家回头注目，“明天，国王将死。”在场的每个人都倒吸了一口凉气。公鸡接着说：“但是王后不必担心，我将娶她为妻。”

这是何等的出言不逊又荒谬至极！国王命人把半只公鸡抓起来，扔进了一个羊圈，只等它被踩死。

没想到半只公鸡跳到了羊圈的一边，那里有火。公鸡掏出豺狼的毛，把它的尖尖吊在火上。豺狼跑着赶来质问：“你在干什么？那是我的毛！”

“把这群山羊和绵羊给我干掉。”半只公鸡说。

豺狼嘶吼着，咆哮着，召来了一群豺狼弟兄，“给我干掉这群山羊和绵羊，半只公鸡就不会烧掉我的毛。”豺狼很快消灭了这群羊，第一匹豺狼拿回了它那根微微烧焦的毛，半只公鸡急忙逃到了安全地带。

第二天，国王发现羊圈空空如也，那只荒唐的公鸡也遍寻不着。直到中午时分，国王听见公鸡响亮的打鸣声：“就在今天！国王将死！我将娶王后为妻！”又是那只令人恼火的公鸡！国王命人捉了它，扔进牛栏，这一回它肯定要被牛群踩死了。

当然，牛栏里也有一个火坑。半只公鸡把那根狮子毛悬在火坑上方。不出几秒，那头狮子就冲进了牛栏，“我的毛！我的毛！你在干什么！”

“给我消灭这群牛！”半只公鸡说。

狮子仰天长啸，很快就召来了一群狮子，“给我消灭这群牛，半只公鸡就不会烧掉我的毛。”狮群干掉了牛群，第一头狮子拿回了自己那根微微烧焦的毛，半只公鸡再一次逃到了安全地带。

所有人都听到了狮子的那声仰天长啸，国王冲到牛栏，发现这里已空空如也。那只臭公鸡再一次消失了。国王跺着脚回到了宫殿，他又气又恼。

太阳落山之时，半只公鸡又开始大声宣告：“国王死定了！为我和王后庆贺吧！”

国王吼道：“给我把这只荒唐的公鸡抓起来！把它关进一间房，我要亲自把它掐死。”

仆人们把半只公鸡关进了珍宝室。为什么要选择珍宝室呢？没人得知。半只公鸡只瞟了一眼遍地的黄金，就意识到自己并不想娶王后为妻。毕竟它从未见过王后，也不在意国王是死是活。公鸡真正想要的是它从前的家，它想跟那个聪明的老婆生活在一起，不要那个吃了它另一半身子的蠢老婆。也许这一堆黄金能帮上忙。

半只公鸡生了火，掏出那根野猪毛，悬在火堆上方。

突然它听到一阵巨大的撞击声。野猪冲破了墙壁，闯进了珍宝室。碎石四

处飞溅。

“不要烧我的毛！”

“如果你可以带我逃出这里，我就不烧掉你的毛。国王要杀我。”

“就从我刚才砸出的洞里逃走吧。”野猪说。

“但是石头随时会掉下来砸扁我啊。”

“好吧，我找别的路带你出去，”野猪说，“不过你得带上点儿黄金。”

“正合我意！”

半只公鸡在黄金里滚了一圈，身上都沾满了金子。它又吞下了许多金子，内脏能装多少，它就吞下了多少金子。野猪冲破了珍宝室的门，半只公鸡跟在它身后闯了出去。

公鸡走了漫漫长路终于回到家。抵达小木屋后，它爬到一张垫子底下，喊着：“女主人，请打我吧。别怕把我打死，用力打就好。”

那个聪明的妇人如何理解这番话的，我们不得而知。不知为何，她照着这神秘声音的吩咐做了。

之后，半只公鸡尖叫了一声：“住手！现在把垫子翻过来。”

聪明的妇人把垫子翻了过来。眼前是她的公鸡，属于她的那半只公鸡。公鸡身下的地面有黄金闪闪发光。她欢迎公鸡回家——当然是回到她这边的家。

至于那个蠢妇人，她只有一条讨厌的狗跟她做伴。只剩下一只眼睛的半只公鸡是不打算再看她一眼的。

鸡和狗

如果你把一只公鸡对切成两半，它会死去的。可是故事中这神奇的半只公鸡不但活了下来，有勇有谋的它还飞黄腾达了。在故事的结尾，与这半只足智多谋、备受宠爱的公鸡形成对比的，是蠢妇人的那条讨人嫌的狗。来自摩洛哥民间的这个故事兴许反映了一个事实：依据摩洛哥的传统，农户们都习惯在屋中或院子里养鸡，而不养其他禽类。

安哥拉

青蛙尽力了

金马纳虽然从没见过天国少女，不过他打定了主意要娶她为妻。他给天女的父亲——太阳酋长写了一封信，请求他应允这门亲事。信写好了，可是金马纳不知道怎么才能把这封信递到太阳酋长的手里，于是他四处找人帮他送出这封信。

金马纳问兔子：“你能帮我寄这封信吗？”

“什么？”兔子说，“我怎么跳也跳不到天国啊。”

金马纳问羚羊：“你能帮我寄这封信吗？”

“你开玩笑呢吧？”羚羊说，“我怎么跑也跑不到天国啊。”

金马纳问老鹰：“你能帮我寄这封信吗？”

老鹰说：“你疯了吧？我怎么飞也飞不到天国啊。”

金马纳四处找人帮他寄信，这一切都被青蛙看在眼里。他问金马纳：“你为什么不亲自送出这封信呢？”

“我不行啊。”金马纳说。

“让我代劳吧。”青蛙说。

金马纳忍不住哈哈大笑，他说：“如果兔子跳不到天国，羚羊跑不到天国，老鹰飞不到天国，你一只青蛙怎么到达天国呢？”

“我会尽力的。”青蛙说。

金马纳于是把那封信交给了青蛙。青蛙住在一口井附近，太阳酋长的仆人们每天都来这里取水。这群仆人每天从天国顺着蜘蛛网爬下来，把水壶灌满，再顺着蜘蛛网爬回天国。青蛙把信塞进嘴里，藏到井中。待其中一个仆人把水瓶沉入井里，青蛙即刻跳进水瓶，就这样跟着一起来到了天国。

仆人们把水瓶往地上一搁，青蛙就蹦了出来。他把那封信吐在了一张长凳上，转身把自己藏了起来。

太阳酋长过来喝水，看到了那封信。“这是什么？这里有一封信啊。”读完那封信，他问仆人们，“是谁把这封信带给我的？”

仆人们齐声答：“不是我们。”

太阳酋长把那封信念给他的妻子——月亮女神听，问她：“这个叫金马纳的小伙子想娶我们的女儿为妻，你怎么看？”

“你问我干什么？去问我们的女儿呀。”

于是太阳酋长去问女儿，问她愿不愿意嫁给金马纳。

女儿低头思索了一番，问：“他能带一样上好的新婚礼物吗？”

太阳酋长回了一封信，放在长凳上。待到四下里没人了，青蛙钻了出来，把那封信塞进嘴中，然后跳进一个空水瓶里藏了起来。

第二天，仆人们再次带着水瓶从天国下去取井水。青蛙跳了出来，把那封信交给金马纳。

信中写道：“如果你能带来很多钱财，那么你就可以娶我女儿为妻。”金马纳读完信，咕哝着抱怨：“我没法去天国啊，怎么把钱送上去给太阳酋长？”

“让我帮你吧。”青蛙说。

“一袋子钱很重的，”金马纳说，“你怎么把它运上去？”

“我会尽力的。”青蛙说。

青蛙用了同样的方法，他把金马纳的钱袋子藏在嘴里，在仆人给水壶灌水时跳进去，跟着一路升上了天国，再把钱袋子放到那个长凳上，自己躲起来。

太阳酋长看到那只钱袋，问仆人：“这是谁带上来的？”

仆人们齐声答：“不是我们。”

坚韧的蜘蛛网

这个故事中，太阳酋长的仆人带着空水壶顺着蜘蛛网爬下人间，又带着灌满了水的水壶顺着蜘蛛网爬上天国。这个蜘蛛网得十分坚韧才可以承受这些重量。其实，蜘蛛用来编织外围和辐条的丝，即牵引丝是很强大的。不论什么类型、什么大小的蜘蛛，其蜘蛛丝的延展力，也就是蜘蛛丝在张力下抵抗断裂的力度，仅略低于钢铁。科学家通过研究蜘蛛丝缠绕在一起的方式，从而获得新型高强度纤维的设计思路。

太阳酋长问他的妻子，钱袋中的钱够不够多。

“你又问我做什么？去问我们的女儿呀。”

然后酋长问了女儿的意见。女儿说：“他可以到天国来接我吗？”

于是太阳酋长回了信，放在长凳上。青蛙用老办法把回信交给了金马纳。

金马纳咕哝着抱怨说：“我自己都没法去天国啊，我没法接到天国少女。”

“那让我去接她吧。”青蛙说。

“她可是新娘啊，你要去接新娘？”金马纳说，“你怎么把她接下来呢？”

“我会尽力的。”青蛙答。

青蛙再次登上了天国，还是老办法。藏在井里的青蛙向沉入井中的每一个水壶里吐了一口口水：呸，呸，呸！然后他跳进最后一个空水瓶里躲了起来。

每个喝了水的人都生病了。

太阳酋长叫来精灵医生。医生说：“那个想要娶你女儿为妻的人是通过一只青蛙把病毒传上来的。他这么做，是因为你的女儿没有去凡间与他会面。”

太阳酋长再次询问妻子的意见。妻子的回答当然又是叫他去问女儿本人。女儿说：“好吧，我要下凡！”

第二天，天国少女随仆人们一起顺着蜘蛛网爬下去，来到那口井旁边。青蛙从水壶中跳出，对天女说：“让我带你去见你的夫君吧。”

天女大笑起来：“你怎么知道带我去哪里？你不过是一只青蛙。”

“我把信和钱袋子送到了天国，我还把新娘你从天国接了出来。只要我尽力，就没有办不到的事。”

“既然如此，你就是我中意的郎君，”天女说，“那我就嫁给你吧。”

于是天女和青蛙一同回到了天国，他们结为了夫妻，至今仍过着幸福的生活。而金马纳仍在等待他的新娘。

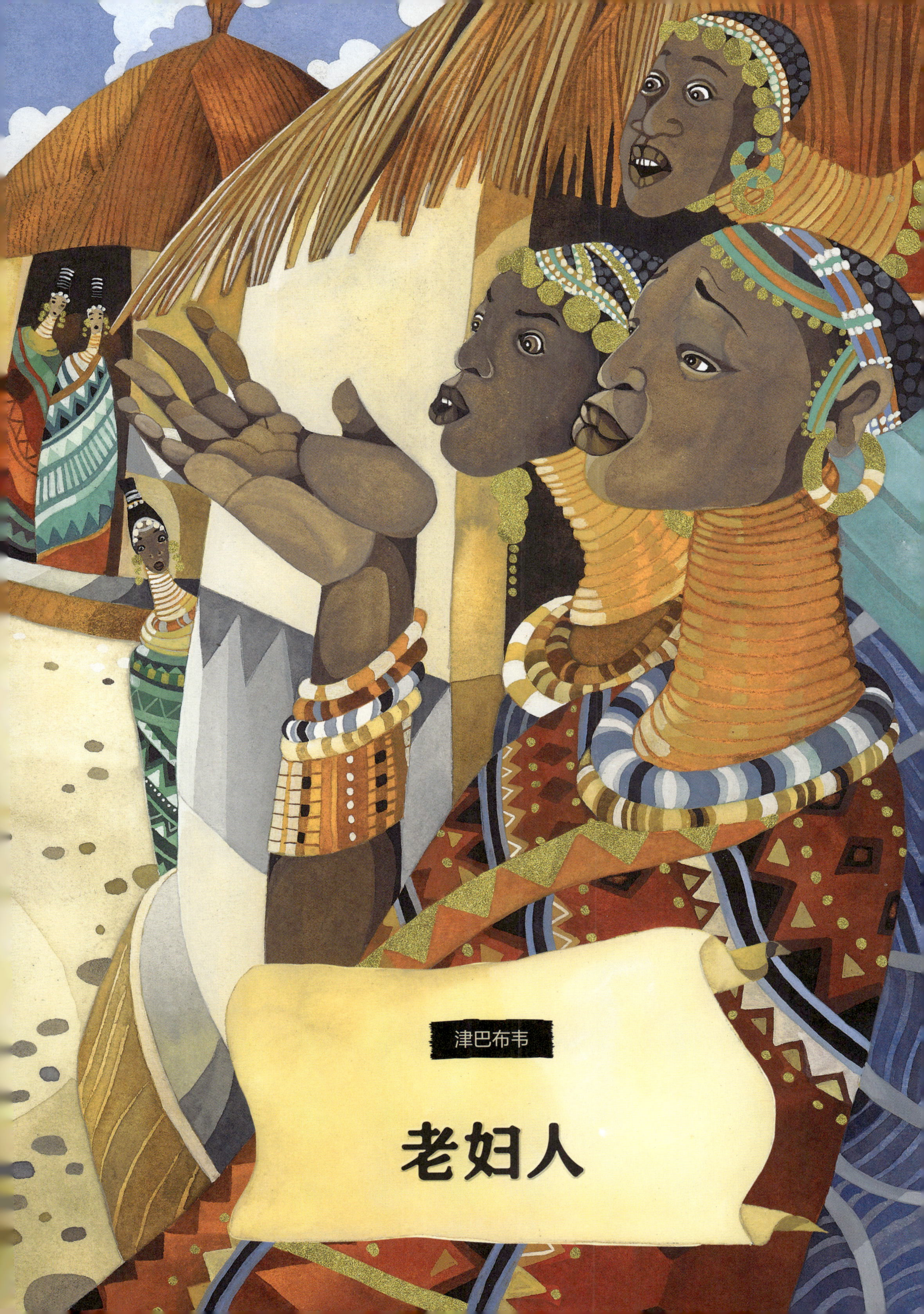

津巴布韦

老妇人

很久以前有个老妇人，她有四个儿子、四个女儿，还有两条狗。一天，老妇人出门找新的住处。

老妇人走着走着，遇见一个酋长。二人互相问好之后，老妇人说：“我要找个事做，不要工钱，有住处就行。”

酋长的顾问提醒他：“看她的膝盖肿得好大。她能干什么活呢？”

“我的膝盖确实受伤了。我得拄着拐杖才能走路。不过你找不到一个比我更尽心尽力的人了。”

酋长有些犹豫。他的顾问们一个个都摇着头。“今天不行。”酋长对老妇人说。

老妇人走了许多许多天，见了许多许多个酋长。他们一看到她肿胀的膝盖，就把她打发走了。

终于，老妇人遇见一个管理大家族的酋长，这个大家族由许多个小家庭组成。这位酋长的顾问提醒他注意老妇人肿胀的膝盖，但是酋长觉得老妇人还是可以做些事的。酋长说：“我要问问我的夫人们，看看她们中间有谁可以雇用你，给你提供住处。”

第一个酋长夫人说：“我有一群孩子，一个拄着拐棍的老妇人能帮我什么呢？”

第二个酋长夫人说：“就算她还干得动活儿，我也没有多余的食物可以接济她。”

酋长依次问了每个酋长夫人，直至问到最后一个酋长夫人——这个夫人不得宠，我们可以称她为失宠的酋长夫人。“我自己都很贫穷，吃不饱饭，”失宠的夫人说，“不过我愿意跟这个老妇人分享我的餐食。”

于是老妇人被带到这个失宠夫人的家中，她的床铺已经准备就绪。老妇人走了很多天的路都没有好好休息过，她很快就睡着了。

第二天早晨，失宠的酋长夫人给了老妇人两根玉米。“这是你的早饭。我要去地里干活了，要忙一整天。”

“你的锅在哪里？”老妇人问，“我来做饭。”

“别傻了，你年纪大了，走路都困难。好好坐着吧。”

“我很会做晚餐的。你的柴火在哪里？”

“不行，不行，”失宠夫人说，“你不可以去搬柴火。森林在这条路前方，但你不可以走太远的路。”

老妇人点点头，又问：“你干活的农田在哪里？”

“老妇人，你不可以走去农田，这一路崎岖不平。看到牛群沿路留下的足迹了吗？它们每天从村里走到田里，晚上再走回来。”说完，失宠的夫人就出门了。

老妇人独自坐在失宠夫人的家中。这时，她的四个女儿、四个儿子、两条狗从她的膝盖里一一钻了出来。他们立刻卷起袖子开始干活。两个女儿把玉米捣成糊，另两个女儿取了柴火和水。四个儿子和他们的两条狗出门打猎，扛回来一只羚羊——确切地说是一只小羚羊——全家人将它洗净，烧了一顿饭。他们做了一顿美味可口的炖肉和玉米粥。忙完这些，女儿们、儿子们和两条狗就钻回了老妇人的膝盖里。

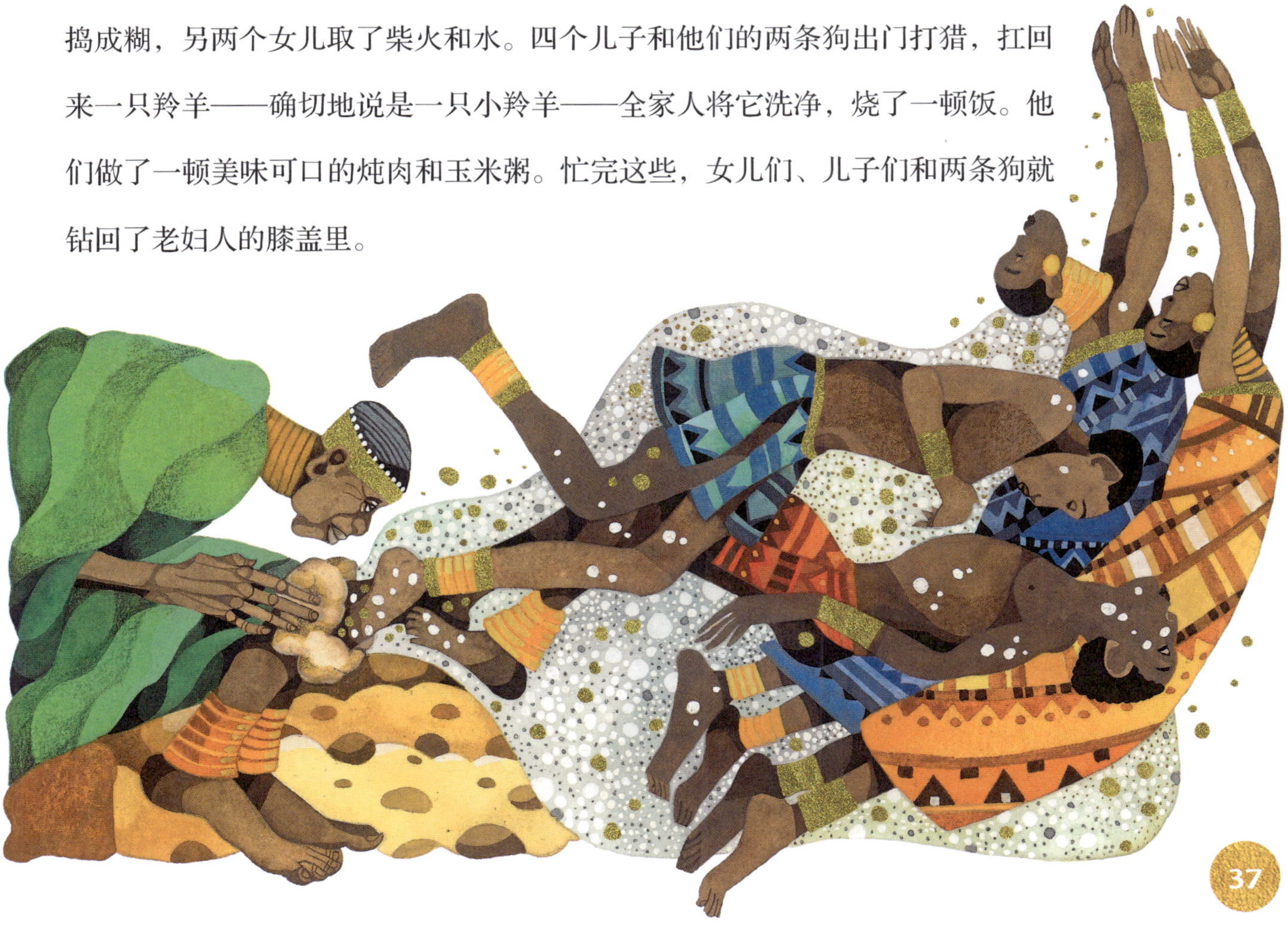

老妇人把这一锅食物放进篮子里，寻着牛群在路上留下的足迹来到了田里。

“你怎么来了？”失宠的夫人问，“走这么远的路，你一定很痛吧。”

“我给你送饭来了。”

失宠夫人打开篮子，惊讶得倒吸一口气问：“你是怎么做出这么丰盛的饭菜的？我只留给你两根玉米啊。”老妇人只是微微一笑，失宠夫人坐下享用这顿美食。老妇人笑盈盈地看着她吃饭。一天结束，二人结伴回家。

第二天也一样。一天又一天过去，老妇人做着同样的事。失宠夫人享用了一顿顿美食，身体日渐强壮起来。她不再问老妇人干这么多活该有多痛多累。她只是谢谢她，老妇人总是微笑回应。

一天，失宠夫人去见酋长，对他说：“请来我的住处吧，我要给你看样东西。”

“我有更重要的事要忙。”酋长应道。他可是打心底里不喜欢这位夫人的。

“是关于那位老妇人的。”

“你可别埋怨。是你自己提出来要收留她的。”

“我不是要抱怨什么。事情恰恰相反。”夫人把老妇人做饭的事一五一十地告诉了酋长。

“这我可闻所未闻呀，”酋长说，“那我得亲自去瞧瞧。”

第二天中午，酋长悄悄躲在失宠夫人的房子外面。等到老妇人提着篮子前往农田，酋长一路跟在后面。

老妇人把篮子交给失宠夫人时，酋长一个箭步冲上前，问：“篮子里装的是什么？”

“你想知道篮子里装的是什么吗？”失宠夫人说，“但是我还没把手洗干净，可不能帮你揭开盖子。”

从墨西哥到非洲

玉米原产于美洲。它起源于一种带小颗粒的野生谷物，这些小颗粒排列得并不规则。这种谷物最早大概于一万多年前在墨西哥种植。欧洲人在1500年到达美洲后带回欧洲的农作物之一就是玉米。后来玉米被引入了非洲。收割后的玉米可以保存很长时间，因此它成为那些将非洲奴隶运送到加勒比岛屿和美洲甘蔗种植园的船舶的首选食物。而且，玉米还成了非洲许多地区的重要农作物。

“我可不在乎你的手脏不脏！”酋长嗅到了饭菜的香气，“闻着真香啊。快揭开盖来，我要吃光它。”

失宠夫人揭开菜篮子，酋长把饭菜吃了个精光。

那天夜里酋长左思右想，觉得这个老妇人一定藏着什么秘密，便决心一探究竟。第二天，他黎明时分就来到失宠夫人的住处，藏在屋外同一个地方。这一次他目睹了老妇人准备饭菜的全过程。

眼前这番景象是怎么一回事？失宠夫人的房子里走出来四个年轻女子。她们匆匆离开，像是要赶着去做工；接着四个年轻男子也从房子里出来，还带着两条狗，然后跑开了。很快，女人们、男人们和狗又回来了，带着可以做一餐美食的食材，一齐进了屋。

酋长用拳头猛敲失宠夫人的大门。

老妇人立刻指了指自己的膝盖。儿女们连同两条狗很快就躲进了她的膝盖里。

酋长进了屋，在房间里四下踱着步子，问：“那几个小伙子和小姑娘呢？”

“谁？我没看到任何人啊。”

“那锅饭就是他们煮的。我亲眼所见。还有那几个女人，啊，她们貌美如花。他们去哪儿了？”老妇人只是盯着酋长，好似他在胡言乱语。酋长摇着头离开了，到家后他把今天的所见所闻告诉了他的一个顾问。

“我去捉他们。”顾问说。第二天一早，他躲在同一个地方，老妇人的孩子们一出门，他就追了上去。

孩子们见状立即返回屋子。等顾问赶到门口时，他们已经安全地躲回了老妇人的膝盖里。

顾问回去禀报酋长：“您看到的都是真的。有四个年轻的女人和四个年轻的男人，可我没抓到他们。”

“那几个年轻的姑娘个个都是美人，”酋长说，“我要娶她们为妻。你给我想办法捉住她们。”

“我需要一些精壮的男人和一大块棉布，”顾问说，“明天，我会抓到她们的。”

第二天，酋长和他的顾问们带着一大块布和一群强壮的男人，守在失宠夫人和老妇人的房子外面。老妇人的子女们一出来，顾问就冲进了屋，用那一大块布将老妇人裹住，那群健壮的男人把老妇人按住不得动弹。老妇人的孩子们冲回屋，站在这群闯入者的身后，但是他们接触不到妈妈的膝盖，也就没法消失。

“让我走！”被裹在布里的老妇人高呼。

“我不会伤害你的，”酋长说，“你放心，我只是想娶这几个女子为妻。”

“不行，”老妇人说，“她们不属于你。”

“她们当然属于我，”酋长说，“我是这里的首领。她们个个都是美人。我有权力娶她们，但必须得到你的同意。”

“我要问问她们的意见，”老妇人说，“但是，我要先问问你，你打算怎么处置我和我的儿子们？”

“你可以住在这儿，和我的小夫人在一起。你的儿子可以娶我的女儿为妻。”

“如果他们愿意的话。”老妇人说。

“他们肯定会愿意啊，”酋长说，“我的女儿们个个都是公主。”

“那我儿子的两条狗呢？”老妇人又问。

“你儿子想要它们去哪里，它们就可以去哪里。”

老妇人叫来她的八个子女，八人都欣然同意了酋长的提议。老妇人见状也答应了。

酋长派了信使，把村里所有的人和牛群都叫了回来，他要举办一场盛大的庆祝活动。就在大家都聚齐的那一刻，天空下起了雨。雨点落得又快又急。这一天剩下的时光，老妇人的八个孩子在雨中尽情跳舞，在泥浆里肆意打滚，像春天的大雁，啪啪地拍打手臂。

“他们的身体现在强壮了，”老妇人说，“在雨中跳舞让他们变得强健，不然他们会死掉的。”

酋长娶了老妇人的四个女儿为妻，又把自己的女儿们嫁给了老妇人的四个儿子。

两条狗跟着老妇人和失宠夫人一起住。现在老妇人的膝盖空了，她走起路来轻松许多。这两个女人开心地在田间结伴而行。两条狗偶尔捡回来兔子和鹌鹑时，二人就精心烹制一顿饭。但是大多数日子，她们喝喝玉米粥就很开心了。

巴勒斯坦

一个樵夫

从前有个樵夫，每天靠贩卖小捆的木柴维持生计。他过着拮据的生活，挣来的钱仅够买食物，别的什么也买不起。一天早上，他烤了一把蚕豆，一边吃一边走去集市卖木头。路上，他经过一个富人的房子，外面有一口井。穷樵夫把一个蚕豆弹到空中，准备用嘴巴去接豆子。哦不！蚕豆没有落在他的舌头上，而是落入了富人的那口井里。

哎呀，我的蚕豆呀，我的蚕豆呀，
没了你，我只会骨瘦如柴。

樵夫重复哼唱着，然后他哭了起来。

“嘘，老男人。”井里传来一个声音。

“你吵到我们了。”另一个声音说。

“你到底是怎么了？”第三个声音传来。

“我不会安静下来的，”樵夫对井里的那三个生物说，“把我的蚕豆还给我。”然后他唱得更大声了：

哎呀，我的蚕豆呀，我的蚕豆呀，
没了你，我只会骨瘦如柴。

“为了一颗蚕豆，说这么多废话！”

“来，把这木碗拿去。不管你想要什么，它都能盛满你想要的东西。”

这时，一个木碗从井中飞出，落到了樵夫的手里。

“不要只想着要蚕豆啊，你这个傻瓜。”井里的声音说。

樵夫转身就回家去了。他进屋后，锁好门，把那只木碗搁在桌子上。这只碗真的那么神奇吗？“请装满米饭，”樵夫吸了一口气，“在上面放上肉。”他更深地吸了一口气，又说：“在最上面放上酸奶！”

木碗即刻盛满。樵夫吃得太饱，从凳子上滑落下来，就地睡了一觉。醒来后，他对着木碗说：“请装满碎小麦、面条和番茄酱。”木碗立即照做了。从此以后，樵夫不再去砍柴了。他觉得饿了，就要木碗装满饭菜，他能吃多少就吃多少，吃不完的就倒掉。

就这样过了许多天，樵夫开始觉得无聊。他已经很多天没去集市了。他想找点乐子，但他不敢把木碗带着一起去集市，怕把木碗弄丢了。他也不敢把木碗留在家里，怕有人来偷走它。于是他去了邻居家，问：“亲爱的友邻，你能帮我照看这只木碗吗？我要进一趟城。”

“什么？你把木碗留在家里不就好了。”

“不行的，不行的。这只碗必须要有人看管。你得保证别把它弄坏了。”

“一只碗怎么可以被我弄坏？”

“如果你叫它盛满米饭和肉，它会坏掉的。不要向木碗要东西。别理会它。我过几天就回来，到时候来找你取碗。”

等樵夫一走出视线，这个脑袋瓜子比樵夫要灵光的邻居就立即对着木碗说：“请装满米饭和肉。”木碗当然照做了。“在最上面一层放上酸奶。”木碗也照做了。邻居一家吃了一顿又一顿，直到饱得无法动弹。

过了几天，樵夫来敲邻居家的门：“我来拿回我的碗。”

“拿去吧。”邻居说着递过来一只木碗。但这并不是

那只神奇的木碗，这只是邻居家架子上的一只普通木碗。

樵夫也不是什么聪明人。他回到家，锁上门，把木碗端上桌，对它说：“请盛满米饭、肉和酸奶。”木碗没有反应。他又说：“请盛满面条和番茄酱。”木碗仍旧没有反应。“请装上扁豆、蚕豆……不管什么都可以，求求你了，我好饿。”木碗仍旧空空如也。

樵夫端着碗回到了邻居家里，质问他：“你对我的碗做了什么？”

“我没做什么啊，”邻居说，“怎么了？”

樵夫冲邻居“呸”了一声。他拿着那只普通木碗回到那口井边，也就是一开始赐予他那只神奇木碗的井。樵夫把木碗从井口扔了下去。接着他一边啜泣一边哼唱：

哎呀，我的蚕豆呀，我的蚕豆呀，

没了你，我只会骨瘦如柴。

“什么？你又来了，傻瓜樵夫？”

“你这个人是怎么回事呀？”

“我们给了你那只木碗，你该知足了！”

“我是很知足，”樵夫说，“可是那只碗坏了，不能用了。”

“好吧，好吧。把这个磨拿走吧。”

“握住手柄向右旋转，它可以磨出黄金。”

“握住手柄向左旋转，它就能磨出白银。”

樵夫把磨拿回家，锁好门，把磨放上桌，开始转动手柄。它真的磨出了黄金和白银！太奇妙了，这可比那只木碗好多了！每隔几天，樵夫就给自己的口袋装满金银，去城中潇洒玩乐，直到把钱花光。

这么玩着过了一个月，樵夫突然感到一阵恐惧感袭来。他每次进城，家中都可能潜入小偷偷走他的磨啊。该把这个磨放在哪里才好呢？放在邻居家才是安全之策。但是不能找那个替他保管木碗的邻居——决不能再找他。

樵夫敲开了另一个邻居的门，问："亲爱的邻居，我要进城几天，你可以帮我保管我的磨吗？"

"什么？一个磨而已，为什么需要人看管？"

"总之必须要看好这个磨。还有，你得保证不能用它。"

"我自己有磨，为什么要用你的？"

"因为，手柄向右转动，它能磨出黄金，向左能磨出白银。请别摇动这个磨的手柄。别去碰它。我过几天就回来，到时来把它拿回去。"

樵夫一消失在邻居的视线里，你猜猜那个邻居做了什么？猜对了：她的手握住了那口磨的手柄，先往右转，再往左转。哗哗的黄金白银啊！之后，邻居带着一家人进了城，尽情享乐。

过了几天，樵夫出现在这个邻居家门口："我来取回我的磨来了。"

"拿去吧。"邻居说着递给樵夫一个磨。你觉得她还回去的是樵夫给她的那个磨吗？你又猜对了：这是邻居自家的旧磨。

樵夫回到家，锁好门，把磨放上桌。他握住手柄向右转，再向左转，再向右，再向左。他这么磨了几个小时，直到臂膀酸痛不已。

樵夫吐出一句："呸呸呸！"他带着磨回到井边，把它从井口扔了下去。接着又开始边哭边唱：

> 哎呀，我的蚕豆呀，我的蚕豆呀，
>
> 没了你，我只会骨瘦如柴。

"什么？你是彻底发疯了吧？"

"我们给了你木碗，又给了你磨。"

“你还想要什么？”

“我把它们都弄丢了，”樵夫说，“我被人打劫了。”

“是吗？你总算想明白了。”

“给你个解决的办法，把这根木棍拿去。”

“告诉这根棍子：要是小偷不把你的东西还回来，就抽打他们。”

樵夫带着这根木棍去了帮他保管木碗的邻居家里。“把我的碗还给我。”他说。

“什么？我们已经还给你了啊。”

“你是在自找麻烦。”樵夫说完开始吟唱：

时候到了，我的木棍，神奇的木棍，

打啊，踢啊，真相自现。

木棍追着那个邻居打。

“住手！”邻居被打得苦苦求饶，“你那该死的木碗还在我这里。就在那边的架子上。你拿走吧。”

樵夫拿回了那只木碗。回家一试，这的确是那只神奇的木碗。接着，他又去了第二个邻居家里，对她说：“把我的磨还给我。”

“磨？我们已经还给你了啊。”

樵夫再次吟唱：

就在此刻，我的木棍，神奇的木棍，

打啊，踢啊，真相自现。

木棍再一次行使了自己的职责，樵夫带着自己的磨回家了。他的余生中，食物富足，还有足够的钱财用于享乐。你看，这就是魔法带来的好处呀。

珍贵的资源

这个故事发生在亚洲西南地区，这里一年内的大部分时间都处于干旱中，水井作为水的来源，被视为最重要的东西。这个故事中的水井有超自然的能力，可以生出神奇的东西。但这些东西并不能一概而论都是“好”的。木碗能生出食物，这是好的。磨能产出黄金和白银，它们可以被用来做好事，也可以被用来做坏事。棍子能打人打到他们屈服，并不得不说出真相，这又是一个是好是坏说不清的事情。也许这口井里的生物就是传说中不偏不倚的精灵，既可以行善，也可以作恶，只看个人的选择。

西亚库尔德人传说

女孩和七个兄弟

七个女孩围坐一圈织着花边。这时，其中一个女孩放了一个屁。

“不是我放的哟，”一个女孩说，“我以我哥哥的性命发誓。”

“不是我放的屁，”另一个女孩说，“我以我两个哥哥的性命发誓。”

“不是我，”第三个女孩说，“我以我三个哥哥的性命发誓。”

就这样绕了一整圈，每个发誓的女孩都比前面的那个女孩多出一个哥哥。到了第七个女孩，她说：“不是我放的。我以我妈妈的头发发誓。”大家都嘲笑她，都猜测那个屁就是她放的——确实是她放的。

女孩回到家，对妈妈说：“我们家的人太少了，就你和我。”

“不对哟！你有七个哥哥，他们住在很远的地方。”

“真的吗？我要去见他们。怎么才能找到他们？”

“我给你变一头毛驴。一路上不管你看到什么，都不要从毛驴身上下来。”

这个妈妈会施展魔法，尘土飞扬间，一头毛驴出现了。

女孩骑着毛驴上路了，途中她看见地上有个东西一闪一闪的。是黄金！她从毛驴身上滑下来去捡那黄金。女孩的脚触到地面的那一刹，毛驴化作尘土，黄金也消失不见了！

女孩回到家，跟妈妈坦白了路上发生的事。妈妈又给她变出了一头毛驴，再次警告她不论发生什么，都不要从毛驴身上下来。女孩又一次上路了，这次她尽量不去瞅地面。可是，我的天啊，躺在路中间的那是什么？钱啊！她从毛驴上下来去捡那钱——只听噗的一声，毛驴化作尘土，钱也不见了。

女孩再次向妈妈坦白了自己的失误。妈妈又从尘土中给她变出了一头毛驴，“这是最后一头毛驴了！不要从它身上下来！”

女孩知道自己很容易分心。所以这一次她闭着眼睛骑了好几天，直到毛驴自己停下来。她睁开双眼，只见眼前是一座大房子。女孩走进去，房子里四下无人，只有一只猫。女孩把房子打扫干净，做了一顿晚餐，在餐桌上放上七个盘子。那只猫一直在喵喵叫，可女孩在忙，没空去哄它。女孩做完这一切，就躲在一根柱子后面。

七个兄弟回到了家。

“怎么回事？房子这么干净。”

“晚饭也做好了。”

“而且这么美味可口。”

“有七只眼睛的那个兄弟，趁我们睡觉的时候好好观察一下，看看这都是谁做的。”

六个哥哥睡了，女孩从柱子后面溜出来，准备收拾餐桌。长着七只眼的哥哥把其他几个兄弟叫醒，他们一齐逮住了女孩。“别害怕，”女孩说，“我是你们的妹妹。”

“太好了！”

“谢谢你为我们做了这么美味的饭菜。”

“谢谢你打扫屋子。”

“家里还有多余的房间啊，”最小的那个哥哥说，“你干脆搬来与我们同住吧！”

“不过有一点你要小心：这儿有个恐怖的女巨人。”

“不要接近她的城堡。”

“她可是会吃人的。”

七个哥哥每天都去森林里砍柴。小妹每天留在家里做饭、打扫卫生。大家

数字七的重要性

在这个故事中，数字七就像鼓声，它的出现暗示了这是库尔德人的故事。在古代库尔德的某种本土信仰中，尊崇的数字就是七。该信仰流传至今，他们都相信有七位神明保护宇宙免受邪恶力量的侵害。另一个在库尔德人中繁荣了几个世纪的信仰也十分注重数字七。在他们的传说中，有一位名为阿胡拉·马兹达的创世者，他创造了六位神明来治理国家——加上他本人，一共是七位神。

都很满意这样的安排，除了那只猫——它需要主人的宠爱。猫想要激怒女孩，往火炉里喷水，浇灭了炉火。

很快女孩就冻得发抖，没了炉火怎么取暖啊？为了找些木炭，她走了很远的路，直到来到女巨人的城堡。她的哥哥们警告过她不要接近这个城堡，因此女孩躲起来静静观望。没过多久，女巨人从城堡中出来，消失在树林里。女孩听见城堡里传来甜美的声音，她于是去敲门。

开门的是七个女孩，她们盯着女孩，问："你是谁？"

"我需要木炭。"

"剩下多少木炭妈妈会数的，如果少了她会注意到的。"

"帮帮我吧，"女孩说，"我在家里快要冻死了。"

巨人的女儿们给了她一些木炭，并告知："你快跑，别让我们的妈妈看见你。"

女孩转身就跑。可她不小心绊了一跤，腰带上的一根丝线缠在了一株灌木上，随着女孩一路跑远，这根丝线也越拉越长。

女巨人回到家，大喊："我嗅到了人的味道，这人在哪儿？"

"一个女孩来过了，"女儿们回答，"不过她住得很远。"

女巨人跺着脚走出门，看到灌木上挂着的丝线。她顺着这条丝线找到了女孩和七个哥哥的家，她大吼："开门！"

"不行。你会吃了我。"女孩说。

"那你就把手指伸出来，让我吸吸你的血。不然我会饿死的。"

“这也不是个好主意。”

“那就换个主意吧？”女巨人说，“我就守在这里，谁出现在这座房子前，我就把谁吃掉。”

女孩深爱她的哥哥们。她只好把自己的手指从钥匙孔里伸出去，让女巨人吸她的血，一直吸到她晕过去。

这之后的每一天，七个哥哥们外出谋生时，女巨人都过来在小妹的手指上吮血，直到她晕厥。一天，七个哥哥回家早，发现了不省人事的小妹。她藏着什么不可告人的秘密呢？

第二天，七个兄弟没有出门工作，他们藏在屋外，想看看房子里究竟发生了什么。女巨人来了，小妹把手指从钥匙孔中伸出去，供她吸血。七个兄弟见状冲向了巨人，一举把她杀死。小妹这才把整件事一五一十地告诉了哥哥们。

七个哥哥听妹妹讲起女巨人的女儿们，嘴角泛起了微笑。这些女孩把木炭分给了他们的妹妹，这说明她们是好人。再说了，这七个女孩正好可以配对七个兄弟。于是七个兄弟前往城堡，娶了女巨人的七个女儿为妻。

七兄弟搬进了城堡，所有人都住到了一起。小妹一开始以为她多了七个姐妹，可事实上，她的七个嫂嫂把全部家务活都扔给她做，也不跟她讲话。小妹十分可怜。

一天，女巨人的女儿们给女孩喝了一杯水。这是一杯被污染过的水。她们从死去的母亲，也就是女巨人的身上摘下了一根毛发，放入水中。女孩喝了之后，那根毛发在她的体内越生越多。一天天过去，越来越多的毛发在女孩的肚子里生长，直到有一天她的肚子肿胀到无法行走。

“看呀，”女巨人的一个女儿对她的丈夫说，“你妹妹生病了。”

“她没法打扫卫生了。”另一个女儿对她的丈夫说。

“她没法做饭了。”第三个女儿对她的丈夫说。

“留着她对我们没什么用处了。”第四个轻声说。

“她也活不久了。”第五个悄声说。

“现在就把她杀了吧。”第六个女儿轻轻吐出这句话。

七个兄弟中了邪一般，相信了老婆的话。他们一致决定，这个杀死小妹的残忍任务就交给最小的那个兄弟。

最小的这个哥哥对小妹说：“我要去砍柴了，你跟我一起来吧。”

他们走到森林深处，小哥哥说：“我们停下来歇息一会儿吧。”女孩躺下睡着了。哥哥看着她温柔的脸庞，他怎么下得了手杀死她呢？但他也不能让小妹返回城堡，因为他的老婆会发怒——她暴怒起来的样子十分恐怖。于是，他将一串橡果倒挂在一棵树上。风吹起，这些橡果彼此敲击发出的声响，听起来就像遥远的地方有人在砍树。这样，等小妹醒过来听到这阵声音，她会等着砍树的哥哥回来。他也可以有足够的时间逃离这儿，而小妹靠她自己是没有办法找到返回城堡的路的。

小妹醒来后，看见挂在树上的那串橡果，立刻就明白哥哥做了什么。他怎么可以如此卑鄙！那么就用上妈妈教给她的一个小巫术吧。她给这个哥哥下了诅咒：

愿你踩到蛇脊刺穿你的鞋，

你忍痛蹒跚而行，只有你唯一的小妹可以帮你解除痛苦。

她摇摇晃晃地穿出了森林，来到了一处村庄。

一个男人请她进屋歇息，“可怜的女孩，你怎么病了？”

“我不知道。也许……哦，糟了！我可能被下毒了。”

“来，闻一闻这个。”男人打开一个陶罐说，“这里是腌制了七年的泡菜。害虫可讨厌这股味道了。”

女孩深深吸了一口气，然后屏住呼吸。很快，只见一条又一条蛇从她的嘴里滑出，女孩就这样被治愈了。

男人和女孩彼此相爱了。他们结为夫妻，过着幸福的生活。

一天，一个跛脚的人来到了这个村庄。女孩问：“先生，你为什么跛着脚？”

“许多年以前，我踩到了蛇脊，之后就这样了，没人能治得了我。”

“让我试试吧。”

女孩用一根针穿过男人的足底，把那根蛇脊骨掏了出来。她治好了这个人的脚。

“你是我最小的哥哥。”女孩说。

兄妹二人对彼此讲述了那天在森林失散后发生的事情。因为女巨人那些个面目可憎的女儿，七个兄弟都过着悲惨的生活。

于是，女孩和她的丈夫、小哥哥一道去了女巨人的城堡，召集了另外六个兄弟，他们一行人回到了女孩最初的家。你瞧，他们的妈妈至今还活着。孩子们搬回去与母亲同住，一起分担家务活。他们今天仍在一起生活——那可是个大家庭。

土耳其

三个神奇的礼物

从前有两个兄弟，父母双亡后，兄弟俩成了孤儿。他们把父母留下的财产对半分了。老大把钱投入了店铺，辛勤工作。老二把钱全花在了糖果和游戏上，什么也没积攒下来。

“嘿，大哥，帮帮我吧。”小弟说。

大哥给了他一些钱。二人仍按照自己的习惯生活。

不出几个月，小弟又穷困潦倒了，“嘿，大哥，帮帮我吧。”

大哥又给了他钱。这样的惯例持续了一阵，直到大哥意识到他很快也要跟小弟一样身无分文了。他唯一的希望就是逃到埃及去，在那里开始新的生活，不再背上弟弟这个包袱。他卖了店铺，买了张船票，躲在甲板下，只等出海。

弟弟不知从哪里得知了哥哥的计划。他偷偷潜上船，也躲在了甲板下，等待出海。

轮船起航了，兄弟二人跳上了甲板。“不要啊，”大哥心想，“他也跟来了，我真受不了！他会毁了我的。”

轮船停靠埃及了，大哥说：“我去找骡子驮我们去内陆，你在这儿等着。”

小弟于是坐下来等。大哥当然没有返回。等了很久的小弟终于起身去找哥哥。他迈着小步子，边走边回头，走了半年也没走多远。他又迈着大步子走了半年，这一次走到了一座山的山脚下，看见三个男人在争吵。

“发生什么了？”小弟问。

“我们的父亲过世了，他留下了一块头巾、一把鞭子、一张毯子。”其中一个人说。

“这三样东西都有神奇的魔力，”第二个男人说，“只要戴上那块头巾，一个人就拥有了隐身术，他触摸的东西也将隐身。一个人只要坐上那张毯子，抽动鞭子，就能像鸟儿一样飞起来。”

“这三样神奇的礼物不能分开，必须由我们之中的一个人全权保管。”第三个人说，“应该由我来保管！”三个人又开始争论不休。

“我来帮你们解决这个难题，”小弟说，“我来射一支箭，你们去追，谁能把箭带回来，谁就可以保管这三样礼物。”他射出了箭，三个男人拔腿就去追。小弟趁机飞快地戴上头巾，坐上那张毯子，抽动鞭子。他就这样飞走了，一直飞到了埃及一座大城市的城门前。

城里的人们都在交头接耳，空气中弥漫着一股神秘的气息。苏丹的女儿每晚都会失踪。苏丹宣布，谁能破解这个谜团，谁就能娶公主为妻，坐拥半个王国。小弟立刻去宫殿求见苏丹，声称他能解开这个谜团。他守在公主的房间外，准备在夜里好好观察动静，可是很快他就打起了鼾。

公主偷偷瞟了一眼房间外的这个男人，他看上去睡着了。为了确认他到底有没有睡着，公主把一根针插入他的脚底。男人并没有被弄醒，她便端起他身旁的蜡烛，从侧门偷偷溜了出去。

小弟当然是在装睡。他戴上头巾，拿上神鞭，把那张魔毯塞在腋下。为了追上了公主，已经隐身的他跑得飞快。只见她坐进了一个巨人头上的碗里。这个巨人可是个神奇的男人——他是一滴露水！小弟一跃跳进了那只碗里。

“你干吗要在上面蹦来蹦去？”露水巨人问公主。

“我没动啊，”公主说，“是你在摇晃这只碗。”

露水巨人往前走了几步。“你比之前重了一倍不止，”他对公主说，“你压死我了。”

“说什么傻话，”公主说，“我一直是这样的啊。”

露水巨人走进一座花园。小弟贪婪地注视着花园里的一切：这里的树都是白银做的，枝条上镶满了钻石。他折断了一根树枝。

“哎哟！”树尖叫起来，“有人把我弄痛了！”

“我没有弄伤这棵树啊。”公主说。

露水巨人觉得有些奇怪，但他没有停下脚步。他走进了第二座花园。

小弟的眼睛差点从他的头上掉出来了：这里的树木全是黄金做的，枝条上镶满了宝石。他折断了一根树枝。

“该死的！”那棵树尖叫，“有人把我弄疼了！”

“不是我啊。”公主说。

露水巨人再次感到迷惑，可他有工作要做，于是继续往前走，过了一座桥，来到一座宫殿。

公主从巨人头顶的碗里爬下来，走到一群等着她的仆人面前。他们奉上一双镶满珠宝的拖鞋，她刚穿上一只，另一只鞋就被小弟拿去了——他也刚从巨人头上的碗里爬出来。他拿到鞋子的一瞬间，那只鞋子也隐身了。公主到处找寻另一只鞋，她气得直跺脚——这可不好，因为跺的那正是没穿鞋的那只脚，她把自己伤着了。公主怒气冲冲地穿越整个宫殿，跑到了露水国王的房间。

“公主今天怎么来得这么晚？”国王问。

“有个人守在我的房间外面，”公主说，“这个人很讨厌，我今天一天都不顺心。”

“放轻松，现在一切都好。”国王把手放在心口，微笑着欢迎公主的到来。“我们一起享用冰爽美味的果子露吧。”他示意了一个仆人，那人很快端来两杯盛在镶钻杯里的果子露。

就在公主要接过杯子时，小弟一把将仆人手里的那只杯子打翻，杯子掉在地上摔碎了，小弟连忙捡起一些碎片。

“你看！”公主惊叫，“今天诸事不顺！”

古老的款待

果子露是一款冷冻甜点，起源于古代波斯富人饮用的一种冰饮。在一年中大部分时候都很炎热的土地上，这种由水果、糖、牛奶或奶油混合在一起的冰镇饮品，深受人们的欢迎。波斯帝国在其疆土最广阔的时期，从北非延伸至印度西北部，包括当今土耳其的许多地区。或许你会对露水国王为公主提供果子露饮品感到惊讶，不过这确实是一款适合公主的甜品。

"嘘，小女孩，"国王说，"我们来好好享用一顿美食吧。"

仆人们准备了丰盛的宴席。小弟见状十分满意。他从一个盘子里取了肉，又从另一个里取了米饭。食物很快就被吃光了。

"这里除了我们还有别人，"露水国王担忧地说，"给我一个吻，然后赶紧回家吧。"

就在公主要靠近国王的那一刻，小弟站在他俩中间把他们推开了。

"快点，带公主回家。"国王吩咐露水巨人道。

公主再次爬上了露水巨人头上的那只大碗。小弟拿下挂在墙上的一把剑，刺死了国王。然后他坐上了自己的那块魔毯，抽打着神鞭，飞向了公主的宫殿。

公主赶回家时，看到小弟还在她房间外打着鼾。公主又用针刺了他的脚，这一次是为了发泄怒气。

第二天早上，苏丹问小弟他是否解开了谜团。"是的，"小弟说，"请召集所有臣民，我将公布谜底。"

等到城中所有人都汇聚在集市，小弟便把昨晚发生的事公布于众。

"他在撒谎。"公主说。

小弟于是展示了那根镶满钻石的银树枝，镶满宝石的金树枝，公主丢了的那只镶满珠宝的拖鞋，以及华丽的果子露杯的碎片。苏丹还没有发话，小弟就从人群中瞄到了自己的哥哥。他追了上去。大哥慌得连忙逃跑，可还是被小弟逮住，并被他拖到了苏丹面前。

“把公主嫁给我哥哥吧，”小弟说，“赐予他半个王国。”你看，小弟是真心爱着大哥的，他想余生也能跟哥哥靠近一点。他并不需要讨老婆，也不需要半个王国。有了那神奇的头巾和魔毯，还有那根神奇的鞭子，小弟要什么就能有什么。

“我？娶公主？”大哥说着，走到公主面前，“你看上去挺有趣的。你愿意嫁给我吗？”

之前公主被露水国王下了魔咒。如今国王死了，她对他只有厌恶。站在她面前的这个滑稽的男人要娶她为妻。好吧，他看上去还是不错的，比露水国王要好多了。公主的嘴角绽放出笑容。他们盛大的结婚庆典持续了四十个日夜。

嗯，这样的结局还是不错的。公主、大哥和小弟都这么想。

流散的犹太人的传说

雄火鸡

从前有一座城堡，里面住着国王、王后和王子。像任何一座普通的城堡一样，这个城堡里的一切都很寻常。他们有美味的食物和华丽的衣裳，还有教授各门学科的私人教师，从地理到诗歌，从生物到天文，课程无所不包。是的，这就是一个寻常的王室家庭。

直到一天早晨，王子走进了大礼堂，围着父母的宝座转了一圈，侧眼瞧了瞧他们，突然咯咯咯地叫起来。

“怎么了？”王后问。

“我是一只火鸡。”王子说。

“你是王子。”国王说。

“一个火鸡王子，”王子说着，“咯咯，咯咯。”

王后笑了：“真是个怪诞的笑话。”

“咯咯，咯咯。”

国王皱了皱鼻子，说：“如今的年轻人为了得到一点儿关注，真是什么都做得出来。”

王子退下去的时候，脖子扭来扭去，嘴里不停地咯咯叫着。

当天晚上，王子光着身子来吃晚饭。

“你怎么没穿衣服！”王后说。

“火鸡是不穿衣服的。”

“好吧，火鸡是不穿衣服的。”

王子来到饭桌前仔细检查餐食。他看到面包激动不已，疯了似的开始啄食，把鼻子都压扁了，“咯咯咯咯，咯咯咯咯。”

“鼻子被你弄疼了，”国王说，“当一只火鸡可是件冒险的事。再说了，你光着身子，别人都不好意思来见你。”

“这可比你说的糟糕多了，”王后说，“我们想好好跟你说说话。我们听不懂‘咯咯咯’。还有，如果你只吃面包，怎么能有个健康的身体？”

火鸡王子趴在地上啄面包屑，“咯咯咯。”

接下来的几个星期，国王派遣朝臣们外出打探医生、哲人和圣贤。他要找到那个能帮王子保持身体健康的人，不管他是谁。为此，国王不惜付出高昂的代价。

一批又一批的医生、哲人和圣贤们来来去去，都无济于事。

与此同时，火鸡王子开启了新的生活程序。每天早上，厨子把面包屑撒在地上，供他啄食。吃饱后，王子会跑去外面打滚，直到全身都是土才作罢。接下来，他激烈地拍打手臂，大约一个小时之后，再跳上树。剩下的时间他都在树上栖息。

王后唉声叹气。国王长吁短叹。火鸡王子咯咯叫着。

一天，一个智者走进了王室花园，一眼看到了树上的火鸡王子。“我可以帮他，”智者说，“我不取分文，唯独有一个条件：我想做什么就做什么——无人可干涉。”

国王和王后心怀希望，点头应允。

第二天吃早饭时，火鸡王子发现桌子下面有个男人光着身子在地上跑来跑去。这个男人正是那个智者。

“你在这干什么呢？”火鸡王子发问。

“你在这干什么呢？”男人反问他。

“我在吃饭，我是一只火鸡。”

“我也是。”男人啄地上的面包屑。

“咯咯？”火鸡王子叫着。

“咯咯！”智者回应他。

国王望了一眼王后，低声说：“又是一只火鸡！”王后眨了眨眼。

到了第三天，智者把国王叫过来，问："可以给我一件衬衣吗？"

国王惊讶地抬了抬眉毛。

"火鸡也可以穿衬衣的，"智者说完，转头问火鸡王子，"你说是不是？"

火鸡王子点头赞同。

于是他们二人都穿上了衬衣。

到了第六天，智者又把国王叫来。"你可以给我一条裤子吗？"他扭头看了看火鸡王子，"谁说火鸡不能穿裤子呢，对不对？"

火鸡王子想也没想就同意了。

于是两人都穿上了裤子。

到了第九天，智者要吃人类的食物，还要求给他配一把椅子，坐在桌边吃。不仅如此，他还要求有人陪他聊天。"从来没有成文的规定，说火鸡不可以享用美食，不可以舒服地坐着吃，不可以与人愉快地交谈，对不对？"他扭头问火鸡王子。

火鸡王子欣然赞成。

很快，火鸡王子可以一整天都表现得像个人一样。他知道自己仍然是一只火鸡——我们都知道自己的本质是什么呀。不过他可以吃人类的饭菜，穿人穿的衣服，还能与其他人交谈。他发现，这些东西的确给他增添了一定的魅力，提高了舒适感。

不过，王子仍然会偶尔咯咯叫几声。

火鸡

在很多地区，火鸡作为一种家禽为人熟知。野生火鸡多栖居于林地，我们也可以在草原和沼泽发现它们的踪迹。雄火鸡有硕大的体型和鲜艳的羽毛，体重约为雌火鸡的两倍。更有趣的是，根据情绪或身体状况的不同，雄火鸡头部的皮瘤会呈现白色、红色、蓝色等颜色。在历史上的某一时期，野生火鸡面临着被过度捕猎和栖息地被侵占等问题，曾一度濒临灭绝。虽然今天我们加大了对它们的保护力度，但野生火鸡一族也很难重返之前的鼎盛时代了。

俄罗斯

一条金鱼

从前有一个老人，他和他年迈的妻子住在一间小小的茅舍里。茅舍立在大海的一个小岛上，他们除了一张床、一张桌子、几条长凳、一张渔网，可以说一无所有。老人每天把渔网撒向大海，收回渔网的时候会捕到些鱼。老夫妻过着一贫如洗的生活，不过他们没有饿死，也还有地方住。

一天，老人照例把渔网撒到海里。等到他要去把渔网拉回来的时候，他发觉渔网不是一般的沉。老人很激动，他用力地拉呀拉。什么？渔网里只有一条鱼，一条金色的鱼。

金鱼喊道："请别吃我啊。放我走吧，我会让你实现一个愿望。"

可怜的金鱼！

"我不要你给我什么，小鱼。你回大海里去吧。"老人说着，把金鱼扔回了大海。

他回到家，把今天发生的事情告诉了妻子。

"你这个蠢货！你本来有多好的机会啊，却白白扔掉了！"老妇人一整晚都在训斥老人，"你至少应该要些面包啊！我好想吃面包——一整条面包。"

妻子不依不饶地纠缠，老人终于忍受不了了，他起身走到海边，呼唤："鱼儿，鱼儿，美丽的金鱼，请冒出水面吧！"

"是你吗，老人？"金鱼沿着岸边游过来，"你想要什么？"

"我老婆想要面包。"

金鱼笑了起来，"回家去吧。家里有充足的面包。"

老人回到家，见妻子正在贪婪地啃着一块巨大的面包。他还没来得及吃上一口，妻子又发话了："我们需要一个水槽。我们的坏了，没了水槽我怎么洗衣服呢？"

老人耸耸肩。这是个棘手的问题。

"回到金鱼那儿，找它要个水槽。快去，快去！快点，快点！"

老人又来到海边呼唤："鱼儿，鱼儿，美丽的金鱼，请冒出水面来吧。"

"啊！又是你。"鱼儿游了过来问，"你要什么？"

"我老婆需要一个新的水槽。"

金鱼说："啧！家里已经有一个水槽在等着你了。"

老人回到家中，见妻子正端详着那个水槽，眼神里充满了挑剔，"我们的房子都快倒了，要个水槽有什么用？"

"啊？"老人抬头看看屋顶。他们的房子要塌下来了吗？他没有注意到。

"你啊，一贯都这么蠢。去找金鱼吧，现在就去！找它要一座新房子，一座坚固的房子。"

雕刻工艺

俄罗斯有着悠久的民间艺术传统，其中就包括在这个故事中提及的木雕。不管在城市还是乡村，木屋都装饰着几何形状、藤蔓形状的雕花或是人形浮雕。人们在俄罗斯森林漫长的冬天里，围坐在炉边不停地雕刻着，桌子、摇篮、箱子、碗、勺、水壶——这些生活中的普通物件，因此变得非比寻常。

老人回到海边，"鱼儿啊……"

老人只叫了一声，金鱼就游了过来。

"这一回您要什么啊，老先生？"

"我老婆说我们的茅草屋就要坍塌了。她想要一座新房子。"

"回家去吧，"金鱼说，"看看那儿有什么。"

老人回到家里，眼前的景象让他大为惊叹。原先在这儿的茅草屋不见了，取而代之的是一座牢固的橡木房子。所有的窗户、屋檐，以及大门的正面和侧面都有精美的雕花。

"蠢货、蠢货，你这个超级蠢货，"他的妻子在宽敞的门厅里一边跺脚一边尖叫，"当个小农才荒唐，我要当州长。去告诉那条金鱼，我要每个人都对我行鞠躬礼！"

老人再次呼唤："鱼儿！鱼儿！"

“又是你。这次她又要什么？”

“她要当州长，这样每个人都要向她行礼。”

“这是她现在的愿望吗？”金鱼没有噘嘴，因为它没有那种可以噘起的嘴唇。不过，如果你能识别鱼儿的表情，你就会注意到金鱼这回有点儿不高兴了。“回家去吧，老人。去看看你的州长老婆大人。”

男人回到家中——哇哦！那座精美的雕花橡木房子已经被一栋巨大的石头房屋取代。仆人们在院子里给马儿钉马掌。厨子们在煮甜菜根和土豆，用来搭配香气四溢的黑面包。他的妻子坐在一把高椅背的椅子上，身着一件红金花卉锦缎长袍。

“亲爱的夫人……”

“把这讨厌的蠢货给我带走！”妻子对仆人下令。

仆人们一拥而上把老人拖去了马厩，还用鞭子抽打他。从那时起，他就生活在马厩里。白天，他和其他的仆人们一起在花园打扫卫生。

过了一阵子，当上州长的老妇人把老人传唤过来：“当州长太累了。我要当王后，每天无所事事，只站在阳台上听乐队奏乐，人人都要为我欢呼。是的！那才是我应该过的生活。”

老人瞪着她。

“你还在等什么？快去告诉金鱼！”

“鱼儿！”老人在海岸边呼唤。

如果金鱼没有礼貌，它或许早就说出：“别再‘鱼儿，鱼儿’地叫我了。”可它是一条彬彬有礼的鱼。“说吧。”它回答老人。

“她要当王后。”

不出所料，老妇人住进了金碧辉煌的城堡，金色的屋顶就跟那金鱼的颜

色一样。老人无从得知王后是如何度过她的每一天的，因为仆人们都住在马厩里，难得见上王后一面。

一天，老妇人王后召见老人：“海洋比陆地的面积大，也比陆地重要。我要支配整个海洋。全部的水域、所有的鱼类都要由我统治。你去吧，告诉你的金鱼。”

“鱼儿！”老人呼唤。

金鱼这次没有过来。

“鱼儿！”老人再次呼唤，“鱼儿，我的朋友。”

金鱼还是没有来。

“鱼儿，鱼儿，鱼儿！”老人连声呼唤，“请帮帮我吧，鱼儿！”

海浪由小变大，直至高耸。风声在咆哮，白色的浪花在翻滚，天色也暗下来。金鱼出现了，“老人啊，老人，你想要什么？”

“我的老婆要控制海浪，她要统治所有的鱼儿。她要统管整个海洋。”

金鱼潜入水中，没有留下一句话。

老人回到家里。

你猜他发现了什么？

他的小茅草屋。

他那穿着破衣烂衫的老太婆。

桌上什么食物也没有。

老人捡起了渔网，回去打鱼。

他日复一日地捕鱼。但他从此再没有捕到过一条金鱼。

俄罗斯北极地区楚科奇人传说
女孩和月亮精灵

在遥远的北极，有个楚科奇男人，他有一个独生女。无论风雨阴晴，这个女孩都守护着一群驯鹿。女孩有时会骑上她那头特别的驯鹿去营地取些食物，除此之外，她日日夜夜都和鹿群在一起。

一天晚上，那头特别的驯鹿对她说："我的女孩，看看天，那儿有月亮精灵。"

女孩看见月亮精灵乘着雪橇从天上滑下来，拉雪橇的是两头驯鹿。"他为什么要到这里来？"女孩问。

"他是来绑架你的。"驯鹿说。

"不！我不要到天上去。"

驯鹿用蹄子在雪地上刨了一个洞，说："快点钻进去。"

女孩跳进洞里蹲下。驯鹿在外面盖上雪。

月亮精灵落地了，他问："女孩去了哪里？我明明看见她了。"他四处奔跑，脚步重重地踏在雪地上，但没有踩到女孩藏身的那个洞——它看起来就像一个普普通通的雪堆。月亮精灵返回他的雪橇，说："好吧，今天我先放弃。但我还会回来逮住她的。"说着，他乘坐的雪橇飞上了天，不见了踪影。

女孩的驯鹿把覆盖在洞口的雪扒开，女孩钻了出来，"我们得回到帐篷里去，不能让月亮精灵再看到我。"她骑着驯鹿，跑得飞快，身后卷起了一层层雪浪。一抵达营地，女孩就冲向了父亲的雅兰加——这是个用厚厚的驯鹿皮做成的圆形的帐篷——她就在这里长大。可是父亲没在家。这可太糟糕了！她需要有人帮忙啊。

"快躲起来，"驯鹿过来告知，"快躲起来，不然月亮精灵要来逮你了。"

"可是我能躲到哪儿去呢？"

"我可以把你变成一块石头。"

女孩摇摇头，“他能看出来那是我。”

“我可以把你变成一把锤子。”

“他会知道的。”

“那我把你变成雅兰加的帐杆吧。”

“你怎么还不明白呢？他能看得出来的。”

“那就尝试点别的。把你变成一件热乎乎的东西吧。油灯怎么样？”

“好吧。”

女孩蹲下身，闭上双眼。那头驯鹿在地上蹬了蹬蹄子，顷刻间，女孩化作了一盏油灯，照亮了整个雅兰加。

月亮精灵也在此时抵达了营地。女孩的消失让他心烦意乱。他确信自己看到她了，看得一清二楚。他在驯鹿群中一一搜寻，没有发现女孩的身影。她一定就藏在这营地。月亮精灵绕着雅兰加踏了一圈后走了进去。他翻遍了石堆、工具和帐杆，就是找不到女孩。看到面前的那盏油灯他也没有多想，油灯泛着光，就像月亮一样——这没什么特别的。

化身为油灯的女孩此刻瑟瑟发抖，她又害怕又兴奋，因为月亮精灵离她是如此近。

“那女孩到底去了哪里啊？真是离奇！算了，我放弃。不过我一定会再回来找她的。”说完，他掀开垂帘走出了帐篷。

女孩太激动了，没控制住自己的情绪。她紧张得想要笑出来，没忍住，顷刻间就变回了自己的真身，“哈哈！我在这里！”

月亮精灵闻声冲回雅兰加，不过女孩很快变回了油灯。精灵在帐篷里跑来跑去，仔细检查每一件东西，还是不见女

月光

太阳和月亮对北极圈的人们来说是非常重要的，这些地区就包括现在位于俄罗斯的楚科奇。在严冬，太阳不再从地平线升起，这段时期被称为极夜。在盛夏，太阳不会完全落入地平线以下，这段时期被称为极昼。但是月亮一年四季来来去去，有两周时间全天可见，再两周完全消失，如此交替。所以月亮是和太阳一样稳定的光源（来自太阳的反射光）。因此，月亮成为北极许多不同地区的传说的主题，也就不足为奇了。

孩的踪影。他没有停止寻找，一遍又一遍地触摸每一样东西。一天天过去了，月亮精灵变得瘦弱，他没有力气了，走起路来踉踉跄跄。

女孩心软了：为什么会这样，这个月亮精灵并不可怕啊，他已经毫无气力了！女孩变回了真身，冲了过去，她把月亮精灵按在地上，绑住了他的手脚。

“动作轻一点啊，你会要了我的命，”月亮精灵说，“不过你也许应该要了我的命。毕竟我一直要把你偷走，逼你离开你的家。杀了我吧。不过，请先用毯子包住我，我实在太冷了，就要结冰了。”

“你？会结冰？我才不信。你可以无止境地漫游，连一个雅兰加都不需要。我才不信你需要毛毯呢。”

“那就放我走吧。让我独自飘零在外。让我点亮夜空，使它如白昼一般明亮。让我以月为单位来计量时间——老鹿月、小牛新生月、水月、叶月、暖月、鹿角解之月、驯鹿爱之月、初冬月、短日月。”

女孩喜欢夜空里的月色，也喜欢用月亮丈量她的生活。她问：“如果我让你走，你会不会身强力壮之后又来抓我？”

“不会的，我不会再打扰你。尽管你是如此美好，我会一直思念着你。但我不会再从天空下来，让我走吧。”

女孩放他走了。月亮精灵回到了天空，再也没有下来人间。你能看见他吗？他就在那儿发着光，照亮了楚科奇人，也照亮了地球上的每一个人。大家在这月色中安然入睡。

韩国
绅士和老虎

一个年轻的绅士骑着马赶路。这时飞过来一只五月甲虫，对他说：“可以带上我吗？”

“好呀！”

绅士带着这只五月甲虫上路了，它就趴在马儿的鬃毛里。这时一颗鸡蛋滚了过来，说：“可以带上我吗？”

“好呀！”

绅士带着五月甲虫和鸡蛋一起上路了。甲虫和鸡蛋都趴在马儿的鬃毛里。这时，一只螃蟹横着走了过来，问：“可以带上我吗？”

“好呀！”

绅士带着五月甲虫、鸡蛋和螃蟹一起上路了。它们仨都趴在马儿的鬃毛里。这时，一把饭勺跳了过来，说：“可以带上我吗？”

“好呀！”

于是绅士带着五月甲虫、鸡蛋、螃蟹和饭勺一起上路了。它们四个都趴在马儿的鬃毛里。这时一把锥子歪歪扭扭地走过来，问：“可以带上我吗？”

“好呀！”

此时马儿的鬃毛已经被这几样东西塞满了，不过这位年轻的绅士是个和善之人，所以当一个臼摇晃着身子跑来要他带上自己时，绅士也欣然欢迎它的加入。一床草席拍打着走来，一个木头架子大踏步走来，绅士也欢迎了它俩加入赶路的队伍。

夜幕降临，年轻的绅士带着五月甲虫、鸡蛋、螃蟹、饭勺、锥子、臼、草席和木头架子来到了山脚下的一座房子。绅士在入口处敲了敲门，无人应答。他蹑手蹑脚地走进去，问：“有人吗？有人吗？”

一个年轻的姑娘坐在饭桌前，抽泣不止。

“发生什么事了？”绅士问。

“是那只老虎，”女孩说，“那只老虎每天晚上都来这里。它已经吃了我的父亲、母亲、哥哥、姐姐。今晚它就要来吃掉我。”

“放心吧，它不会把你吃掉的，”绅士说，“我和我的朋友们会帮你一起对付那只老虎的。”说着，他叫来了趴在鬃毛里的那帮搭便车的朋友。

“五月甲虫，你守在角落。老虎一进来，你就扑灭烛火。”

“鸡蛋，你去埋在炉灰里。等老虎一靠近你就砸过去，让炉灰灼伤它的眼睛。”

“螃蟹，你去厨房的水池边待着。等老虎过去用水给眼睛降温的时候，你把它的眼睛挖出来。”

“饭勺，你藏在炉子上面的水壶后边。等老虎一靠近，就扇它耳光！”

“锥子，你去女孩的房间，把自己塞进地板的缝隙。等老虎经过的时候，扎伤它的脚。”

“臼，你爬到屋顶上去。等到老虎逃跑的时候，你就滚下来砸烂它的脑袋。”

“草席和木头架子，你俩躲在储藏室。等老虎的身体彻底冷下来，你们把它包裹起来带走。”

“朋友们，准备好了吗？”

绅士转头看看那个年轻的姑娘。她不需要任何吩咐，便端起蜡烛，去了自己的房间。绅士牵着他的马去了马厩等候。

夜色降临，老虎下山了。它的牙齿在月色中闪闪发亮。老虎进了房子，径直走进了女孩的房间，那里闪着烛光。它刚一进去，五月甲虫就扑腾着翅膀扑灭了烛火，房间一片漆黑。

“蜡烛怎么熄灭了？”老虎叫着，“女孩，你在哪里？”

女孩应答：“你要光的话就去吹炉灰吧，吹到火焰升起来。”

东北虎

东北虎又称西伯利亚虎。东北虎是国家一级保护动物，也是世界级濒危物种。老虎具有敏锐的听力，所以就算老虎在黑暗中看不到女孩，在女孩一开口暴露了位置的那一刻，老虎就有可能扑向她。事实上老虎很少捕食人类，所以这个故事中的老虎和那些会说话的动物和工具一样，在现实世界是不可能存在的。

老虎跑去吹炉灰。这时，鸡蛋一跃而起，把炉灰洒进老虎的眼睛。老虎痛得哇哇大叫，冲到水池边把脸浸到水里。这时螃蟹把它的眼睛挖了出来。老虎瞎了眼，不知所措，原地转着圈。饭勺在它的脸上狠狠甩了一记耳光。

“救救我啊！”老虎嚎叫着。

“到这儿来。”女孩召唤它。

老虎再次跑进女孩的房间，这时锥子刺伤了它的脚掌。老虎嚎叫了一声，摔倒在门外。这时屋顶上的臼纵身一跃，砸中了老虎的头骨。这可恨的老虎终于死啦。

草席自己把老虎瘫软的尸体包裹起来。木头架子把它拖到河里，扔进了水流中。

年轻的绅士转头对年轻的姑娘说：“你很勇敢，也很机智。”

女孩回他：“你也是。”

绅士和女孩结了婚。他们从此和五月甲虫、鸡蛋、螃蟹、饭勺、锥子、臼、草席、木头架子一起过着幸福的生活。

日本

分福茶壶

从前有个人以买卖废品为生，他和一只叫分福的獾交了朋友。这段友谊为这个人带来了好运，读到后面你就知道了。

废品商辛勤劳作，却挣不了几个钱。毕竟人们不会出多少钱买废品。虽然贫穷，他仍把自家的年糕和茶水与那只獾分享，只求勉强填饱肚子。

分福对人很有兴趣，也喜欢观察人类。它发现，和尚的肚子圆圆，废品商的肚子扁扁。这可不太公平啊。

分福可是一只神奇的獾。它对废品商朋友说："我要变身成一只茶壶。你去把我卖给那个圆肚子的和尚，这样你就能挣一笔钱，够你好好填饱肚子，至少可以撑一段时间。"

"可是你为什么要当一只茶壶呢？"废品商问。

獾没有理会他的问题。人类总是问些没有意义的问题。它很快缩成一团，变成了一只茶壶。

废品商拿了一块陈旧的、印着花纹的风吕敷[1]把茶壶包裹起来，放到肩上。他来到寺庙，解开了包裹，把茶壶摆放出来。

"多么精致的茶壶呀！"和尚说。

"是啊，"废品商爱惜地抚摸着茶壶，"这可是很罕见的茶壶，它很会讲笑话呢。我叫它'分福'。"

"分福——多么喜庆的名字！"

千真万确，分福的意思就是"分到好运"。废品商叹了口气，说："我和它一起共度了许多欢乐的饮茶时光。"

"我也喜好饮茶。你把这个茶壶卖给我吧。你开价多少？"

废品商吞了一口口水，说："把自己的朋友卖掉，感觉怪怪的。"

1 风吕敷：日本人用来包裹物品的方形布。——译者注

“这里有一文钱。现在不觉得怪怪的了吧。还是感觉奇怪？那就两文钱？怎么，还不满意啊？好啦好啦，给你三文钱，就当它是你的朋友，三文钱也够多了吧。我会好好待它的。”

废品商回到家，把钱放进一个罐子里，然后坐下饮茶。这一回没有了他的朋友分福陪在身边一起喝茶，他有些失落。他想知道分福现在怎么样了。

和尚也一刻没有耽误。他令小弟子把这只茶壶带到河边，用沙子搓洗，“这样能把它磨光，让它发亮。”

小弟子用力擦洗茶壶。

“我好疼啊！”茶壶叫出声来。

小弟子赶紧去告诉和尚。

“真奇怪啊。那好吧，把它盛满水，搁到火炉上好了。我等不及要品尝一下这一壶福气茶了。”

小弟子生了火，把茶壶搁了上去。

“疼啊！”茶壶又叫出声来。

小弟子赶紧又去告诉和尚。

“它想怎么样呢！”和尚说，“它是一只茶壶啊。茶壶就是要放在火炉上的。”

火越烧越旺，越烧越热。

这时，茶壶上长出了一条尾巴、一张脸、四只脚——只见一只毛发浓密的獾在地上跑来跑去，尖叫着：“好烫啊，好烫啊，你把我的脚丫子烫坏了！”

和尚在后面追那只獾，就在他抓到它的那一刻，獾又变回了一只茶壶。“这是一只被施了法术的茶壶！不管它能泡出什么茶，这只茶壶都不可以留在我的寺庙里！”和尚将它包了起来，拿去了废品商那里说，“我有只茶壶卖给你。”

废品商瞪大了眼睛，惊讶不已。他摇摇头说：“买自己的朋友，这是件奇怪的事。”

“乱讲，”和尚说，“这正是你卖给我的啊。”

“看看这结局。”废品商说。

和尚气得跳脚。可他又能怎么办呢？他只好留下了茶壶，说：“我甩掉这个包袱了。”

废品商把茶壶小心翼翼地端上桌。

分福茶壶即刻变回了獾的真身。

“我想念你，”废品商说，“我有三文钱，咱们去好好吃一顿吧！”

“我只要吃点年糕就满足了，”分福说，“你自己去吃一顿好的吧。从今天起，以后每一天都吃好的。”

“三文钱不能花一辈子啊。”废品商说。

“我可以帮你赚更多的钱。”分福说。

“你当茶壶帮我赚钱？”

“别傻了！谁想当一只茶壶啊？我可以表演杂技给人们看。你等着看我走绳索吧！”

这就是故事的经过，全都是那只獾的主意！

獾

许多日本故事里的动物在翻译成英语时，都被译为“獾”，本故事就是之一。但是被贴上“獾”这个标签的动物，在不同的故事中性格差异是很大的。所以，这些故事并非一定都是关于獾的，也可能是关于日本一些不太知名的动物的，比如狸猫或貉。真正原产于日本的獾主要栖居在日本的本州、四国、九州地区，而不在北部的北海道。科学家认为这种獾是经由韩国抵达日本的。它的面部条纹不像亚洲其他地区的獾那么明显。

中国

妖怪岛

交州有一名商人，他的名字叫徐。一天，徐的船被一场暴风雨刮到了一个陌生的海岸。这是一片植物茂密的土地，徐判断山上会有房屋。他往行囊里塞了些食物就上岸了。他爬上了一排洞穴，它们大小相当、排列整齐，以前可能是一个个蜂巢。他从其中一个孔洞里偷偷看过去。

只见两个巨大的妖怪并肩蹲在地上，正在大口大口地啃着一头鹿，他们的牙齿有如矛。徐拔腿就跑，可那两个妖怪已经注意到他了。他们抓到了徐，馋涎欲滴，正要吃掉他。这时，徐打开自己的行囊，拿出肉干和干粮。妖怪狼吞虎咽地把它们吃完后，一把抓过他的行囊，看还有没有更多食物。

“已经空了，”徐说，“不过我的船上有锅具、油和香料，我可以给你们做一顿更加美味的饭菜。”

在妖怪眼里，他就像一只叽叽喳喳的小鸟。他们不懂人类的语言，这一点显而易见。徐用手势比画着生火做饭的样子。妖怪们瞪着他。徐又比画吃饭和摩挲肚子。两只妖怪咧嘴笑了。太好了！ 他们总算明白了。 妖怪跟着徐来到他的船上，看着他收拾所需的材料。然后徐和妖怪们一起把食材和厨具搬进了洞里。他们生了火，徐把剩下的鹿肉烤了。

妖怪们大快朵颐。他们吮了吮手指，欢快地跳起舞来。

妖怪们把徐留在洞穴里，他们滚来了一块岩石，堵住洞穴的入口后就离开了。徐独自坐在一片漆黑之中，害怕极了。他触摸四周，洞穴里什么也没有。妖怪一定是徒手打猎，生吃猎物，在这岩洞的地上睡觉的。

终于，岩石被滚走了。一个妖怪扛了一头鹿进来，另一个妖怪背了一堆柴火。呵，他们想要他继续做饭。徐给其中一个妖怪递了一口锅，示意他去盛水。徐剥了鹿皮，把鹿肉切成小块，和香料一起放入剩下的锅具里。第一个妖怪带着一锅水回来了，徐把这锅水分摊倒入每一个盛了鹿肉的锅里，小火炖煮。洞穴里很快就飘起了诱人的香气。

这时一群妖怪走了进来，一共有九个！他们围坐成一圈，徐把炖了鹿肉的锅一一摆放在他们面前。妖怪们三下五除二就把肉吃光了。他们笑着、叫着，说着妖怪的语言，兴奋不已。

那之后，妖怪们带回越来越多的猎物让他烹饪，有鹿、狼、羚羊。妖怪们还想办法做了一口巨大的锅给他，这样徐就可以把所有人的饭菜都放在这一口锅里煮。他们还邀请他一起吃饭。

过了几周，妖怪们有些飘飘然了，他们准许徐到洞外溜达。徐到了洞外，跟在妖怪们的身后，竖起耳朵听他们讲话。妖怪们有时发出咕噜咕噜的声音，有时呼号呐喊，还夹杂着一些奇怪的词语。徐模仿他们说话，很快就能发出同样的声音了。妖怪们很满意。他们说，还从未见过一个喜欢妖怪的人类呢。一个女妖怪满脸羞涩地握了握他的手。其他的妖怪们欣然点头。哦，她要嫁给徐！

徐吃了一惊。妖怪是吃人的。尽管他们现在对他很好，要是日后他犯了错，惹恼了他们怎么办？娶一个妖怪当老婆，他怎么放心？还有，妖怪们连名字都没有，他对这一点感到不满。他们给这座岛取了名字——沃米——可是他们都没有名字。他该怎么称呼自己的老婆呢？

这个女妖怪攒了一堆水果给徐，那都是她从森林里捡来的。她总是对他笑，她喜欢他烹煮的食物。

她带他看自己心爱的树木；在日落时分带他看心爱的悬崖峭壁；她还带他去心爱的沙滩，那里的沙子又软又滑，流过手心痒痒的。就这样，两人逐渐相爱了。

一天，妖怪们来到徐和他夫人的洞穴。他们个个都戴着珍珠项链。

“你们打扮得很美啊。”徐用流利的妖怪语言对他们说。

妖怪们眉开眼笑，告诉徐今天要多准备些食物。夫人解释道：“今天可是大日子。国王要来参加宴会，你来准备宴席。”她转头对妖怪们说：“可是我的先生没有项链啊。”

于是，每个妖怪都从自己的项链上取下五颗珍珠，交给徐。徐的夫人又从自己的项链上取下十颗珍珠。她把这五十颗珍珠串在一起，戴到了徐的脖子上。他从未拥有过这样的珍宝，准备宴席的全程他都笑得合不拢嘴。

一切准备就绪，徐和九个妖怪一起越过了山脊，来到远处的一个洞穴。到了这里，徐见到了许多他之前没见过的妖怪。大家都坐在岩石上。铺着豹子皮的那块岩石是国王的席位。所有的岩石绕成一圈，中间是一张大石桌，上面放着徐烹饪的一锅又一锅的美食。洞穴里袭来一阵风，一个巨大的妖怪出现了，他的眼睛

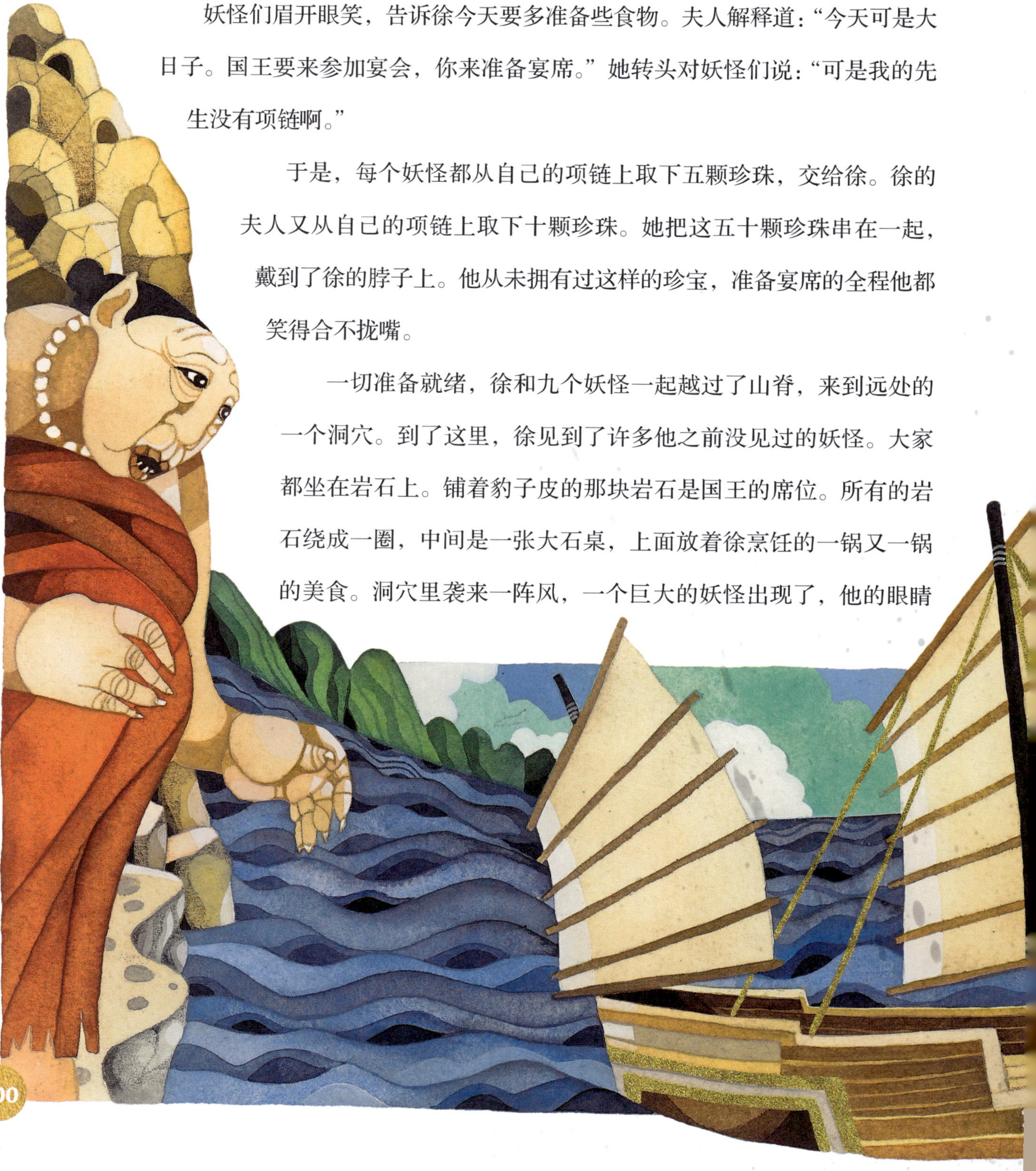

像餐盘一样又大又圆。他就是妖怪国王！

国王望着徐，问：“这个人是谁？”

徐的夫人回答：“他是我先生。今天的宴席都是他准备的。”

国王尝了一口又一口，接下来众妖怪都贪婪地吃起来。国王宣布：“从现在开始，每一顿宴席都由你来烹制。”接着他又问，“你的项链怎么这么短？”他从自己的脖子上取下十颗珍珠，徐的夫人把它们串进了徐脖子上的那串项链中。又一阵风袭来，国王随风消失不见了。

若干年过去，徐的家庭成员渐渐多起来。他有了两个儿子和一个女儿。孩子们都有着人类的外表，说着妖怪的语言。徐还把人类的语言教给了他们。孩子们茁壮成长，在山谷间肆意奔跑。

一天，徐的夫人带着女儿和小儿子出门办事。北风吹起，不知怎的，徐的心底泛起了一阵渴望，他想回自己从前的家看看。他趁着这股冲动，带上大儿子去了海岸，爬上了他那艘旧船，扬帆远航。父子俩用了一天半的时间抵达交州。徐变卖了两颗珍珠，这笔钱财够他买一座大房子了。

徐想把留在妖怪岛的家人也接过来，可他知道，交州的人们是不会接受一个妖怪的。他的孩子们都长得和人一样，可他的夫人不是，夫

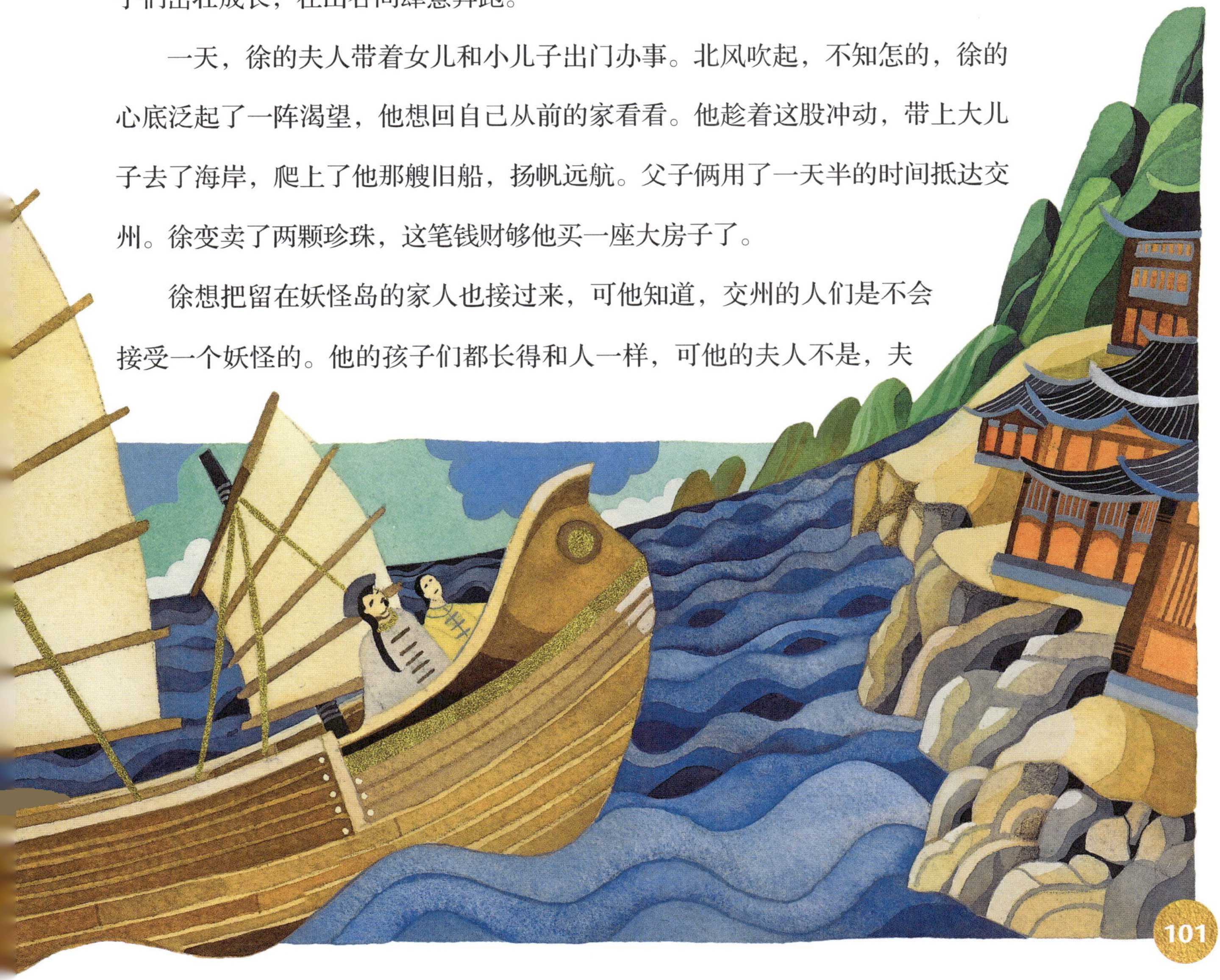

中国的帆船

交州为古地名，曾包括今天的广东、广西的大部和越南的部分地区。很早以前，中国人就开始在陆地和海上探索世界。事实上，船尾舵就是中国人发明的，与桅杆和桨相比，它能更好地驾驭帆船。这个故事里的帆船大概就是在西方被称为“戎克船”的平底帆船。大小不一的戎克船主要用于河流运输，但也适合航海，在中国港口之间的贸易往来中被广泛使用。

人到了这里会很难受。这一次，徐不想放弃人类的生活了，再说他的大儿子在交州过得也不错。

徐给大儿子取了个名字，叫黑豹。少年黑豹单手就能举起一个成年男性。黑豹喜好武力，性格骄矜。交州的大将军听闻黑豹本领非凡，招了他入伍当兵。没过几年，黑豹就被提拔为将军。

差不多在同一时间，另一名交州的商人也被风暴卷到了沃米岛，他的船停泊在此。一个男孩跟他问好：“你是从交州来的吗？”

“是的。”商人说。

“请跟我来。”男孩把商人带到一个洞穴，给他吃了炖鹿肉。男孩说：“我的父亲叫徐，也是交州人。”

“徐！”商人惊呼，“我认识徐，还有他的儿子黑豹。”

“要是再见到他们，请代我问候他们。”

“别犯傻了，”商人说，“你自己去问候他们吧。跟我来，就现在，趁着这股强风。”

“我爱我的母亲和妹妹，”男孩说，“我不能抛下她们。”

商人起航回到交州，把话带给了黑豹将军。

黑豹哭了。他是多么思念家人啊。他驾船驶向了沃米岛，“啊！那海岸边的男孩，他是我弟弟啊！”黑豹驾着船径直朝男孩驶去。到岸边，他跳下船，兄弟俩紧紧相拥。

“我们的妈妈和妹妹在哪里？”黑豹问。

“我去把她们领过来。”小弟很快就带着妈妈和妹妹一起回到岸边。

母子四人团聚在一起，眼里泛着泪花。黑豹乞求他们："请跟我一同回交州吧。"

"他们会嘲笑我的，因为我是个妖怪。"母亲说。

"我是有名的将军。没人敢嘲弄我的母亲。"黑豹说。

妖怪母亲太过思念她的丈夫和大儿子，于是她决定相信黑豹的话。他们一起踏上了驶向交州的船。交州的人们见到妖怪母亲的那一刹那，就尖叫着作鸟兽散了。

到了徐的家中，妖怪妈妈双手叉腰，盯着自己的丈夫，说："你应该感到羞耻，都不告诉我一声就一走了之。我们甚至不知道你还活着。你给我们带来了痛苦。"徐乞求夫人原谅他。她毕竟还爱着他，也就原谅了徐。

黑豹的弟弟取名猎豹，他也着实喜爱打猎。和哥哥一样，猎豹也从军了。

黑豹的妹妹取名妖孩。她和两个哥哥一样身体强壮、擅长狩猎。嫁人之后，她还和夫君并肩征战沙场。

妖怪母亲学会了人类的语言。她穿上了丝绸锦缎，还取名为犹客。可人们还是很害怕她。最终，她和女儿一样选择了征战沙场。凭借她非凡的力量和英勇的精神，没有人是她的对手。她很快就赢得了人们的信任。女妖怪成了一名勇士，声名远扬。

印度

四个仙女

因陀罗[1]的天宫里有四位才华横溢的舞者，她们是：黄宝石仙女、蓝宝石仙女、红宝石仙女和绿宝石仙女。这四个仙女能歌善舞，还会演奏美妙的音乐，她们跳起舞来就像蝴蝶一样轻盈。因陀罗看得如痴如醉。

直到有一天，绿宝石仙女正跳着舞，那是她最复杂的一支舞，没想到因陀罗竟然睡着了。绿宝石仙女惊呆了。她付出了多少汗水才把这支舞跳得完美无瑕，而因陀罗一点儿也不懂得欣赏。

有一个人倒是百分之百会从心底赞美绿宝石仙女的才艺，这个人就是古尔法姆王子。人人都说他有着敏锐的鉴赏力。比起那令人讨厌的因陀罗，他当然可以更好地评价仙女们的才艺。那天，绿宝石仙女在去天宫的路上就见到了古尔法姆——他正在像婴儿一样熟睡，却仍可辨出他五官英俊，长相睿智。尽管他们从未见过面，绿宝石仙女看到古尔法姆的第一眼就深深迷恋上了他。现在她想跟他见上一面，看看他是不是不仅聪明睿智，还细心体贴。

绿宝石仙女在宫殿外徘徊，搜寻古尔法姆的身影，这时她碰见了卡拉德夫——他可是一个强大的恶魔。“卡拉德夫，就是你，魔鬼，请你去把古尔法姆带来见我。”

卡拉德夫从不遵从任何人的指令——要是得听别人发号施令，那还当恶魔做什么？但是绿宝石仙女用了“请你”，而且绿色是他最喜爱的颜色。喘了几口气的工夫，他就把古尔法姆王子带到绿宝石仙女身边来了。

“发生什么了？”古尔法姆王子在陌生的花园里醒来时喊道。

1 因陀罗：印度神话中的天神之王。——译者注

他跳起身，看到绿宝石仙女，眼前一亮，“你是谁？”

“我是绿宝石仙女。是我把你带到这儿来的。或者说，是我叫人把你带过来的。你怎么来的不重要，对不对？反正你已经来了。”

“我是你偷来的？”古尔法姆摸了摸自己突突跳动的太阳穴说，“你不可以这样做。抢人就是不对的。”

“你随时都可以走。但我想告诉你的是，我喜欢你。”

古尔法姆王子眨了眨眼，问：“我认识你吗？”

“今天早上我见到你沉睡的样子。你偷走了我的心。”

古尔法姆王子的脸颊发烫，“那很好啊，可你这么做仍是不对的。”

“请不要生气。我需要你。”

王子双手叉腰，把绿宝石仙女好好端详了一番。他不得不承认，自己被激起了好奇心，“你跟我诚恳地道歉，或许会有用。”

“好吧。我应该先问问你愿不愿意过来。不过在这之前发生了一件糟糕的事。我为某人跳舞时他竟然睡着了。这真是奇耻大辱！你是智者，我要跳舞给你看，让你评价我的舞技。求你了。”

“听你的话，像是在道歉，”古尔法姆王子说，“不过，你并没有真正地道歉。”

“我说的那个看我跳舞的人是因陀罗。”

“因陀罗？你在天宫跳舞？”

“是的。我没有正式邀请就把你带到这里来，为了表达歉意，我邀请你观看四色仙女的精彩表演。”

“人类是进不去天宫的。”古尔法姆王子说。

“我可以带你进去。像你这样优秀的王子值得这样的款待。”

古尔法姆王子着实被眼前这个仙女吸引了，她衣袂飘飘、发间闪烁着晶莹亮光、有着几乎透明的翅膀。她真是一位可人儿。他对她产生了兴趣。

于是古尔法姆王子跟在绿宝石仙女的身后偷偷潜入了天宫。

下一场表演开始了，王子躲在房间的阴影处观看。黄宝石仙女弹奏了西塔尔[1]，蓝宝石仙女朗诵了诗词，红宝石仙女献歌一首。她们的表演都十分精彩。但最美的是绿宝石仙女，她翩翩起舞，就像晚风拂过，轻柔可人；她的舞姿就像三伏天的清泉水，每一拍都击打在王子的心上。因陀罗不能欣赏她的舞蹈，着实愚蠢。古尔法姆王子赞赏着绿宝石仙女的舞姿，他甚至爱上了她。是啊，他肯定自己爱上她了。他大声叹了口气。

“谁？有人闯进了我的天宫！”

勃然大怒的因陀罗把古尔法姆王子关进了一口潮湿的深井。他还剪掉了绿宝石仙女闪闪发亮的头发，折断了她薄纱一般的翅膀，将她流放远方。

绿宝石仙女痛哭流涕。她四处流浪，日渐消瘦，想到心上人所受的不公待遇，忍不住涕泪横流。她再也不能跳舞，但她用歌声表达自己的哀伤，唱得如泣如诉，直击心弦。人们跟着她穿过街道，走过田间，他们的心无不被她的哀恸所感染。绿宝石仙女逐渐有了名气，因为她泪眼汪汪的凄美，也因为她那悲痛欲绝、萦绕

颜色的意义

在这个故事中，四位仙女以鲜艳的宝石命名。历史上，制作鲜艳的服装是一种印度的传统，它扎根于这样一种观念：衣服可以对穿它的人产生影响。根据传统信仰，每种颜色都带有一种精神力量，身着该颜色服装的人，自会染上这种精神气质。此外，红宝石是鲜血与危险的颜色，象征着权力；橙黄色宝石可以增强生育能力；宝蓝色代表智慧；翠绿色代表虔诚。

1 西塔尔：一种在印度家喻户晓的拨奏弦鸣乐器。——译者注

心头的歌声。

因陀罗终于听说了这位令人如痴如醉的歌手，命人把她带到身边。绿宝石仙女历经磨难，容貌早已改变，因陀罗没认出来她其实就是绿宝石仙女。

绿宝石仙女定了定神。因陀罗让她遭受了如此厄运。尽管是她先打破了规则，把古尔法姆王子偷偷带进了天宫，但这个罪行不足以让因陀罗施加如此严厉的惩罚啊。她用歌声唱出了自己的痛苦，她从未唱得这样悲恸，唱罢竟攒了一池的泪水。

因陀罗也感动得落泪了。“这支曲子可谓一份精美的礼物，值得我给你回礼。我能给你什么呢？迷人的悲伤歌女，你的心在渴望什么？”

绿宝石仙女原本几乎不抱什么希望了。不过此刻，她的话语清晰而响亮：“你的井里关着一个人。把他放了吧，让他和我在一起。”

就这样，绿宝石仙女和古尔法姆王子终于团聚了。她要对他倾诉自己流浪四方的遭遇，他也要向她倾诉被困深井的痛苦——不过这些都可以以后再说。现在，就在此刻，他们拥有彼此，爱着彼此，这就够了。

斯里兰卡

稻田里的青蛙

从前有一座宫殿，宫殿附近住着一个寡妇。她每天都去稻田里割水稻，捆成捆晒干，再打下谷子，放进一个石臼里，用木杵捣碎外壳。寡妇把白米粒献给国王，她自己可以留下臼里的残渣，那就是她的食物，她也心满意足。

一天，国王命令他的仆人们击鼓布告：“罗刹女妖有一只镶满了珠宝的金鸡。谁能把这只金鸡带给我，我就把半个王国赐予他，还要赐他多到一头大象才能搬动的财物。”

这个寡妇可不是一般的寡妇，她有一个青蛙儿子。这只青蛙也不是一般的青蛙，听到国王的公告，他取了一片椰枣叶，在叶子的中脉上串起了米粒。瞬间，青蛙就变成了一个身着王子服饰的男人，他的面前还出现了一匹骏马；他立刻骑上马，奔向城市。

国王在城中听闻有王子驾到，便邀请他来宫殿过夜。吃饱喝足，国王问他：“你要去向何方？”

“我要去取回那只金鸡，赢得奖赏。”青蛙王子说。

“你可能需要帮忙，”国王说着，递给青蛙王子一块木炭，“如果你摆脱不了那个女妖，就把这块木炭扔到地上，命令它建一面火墙。”

早晨，王子启程赶往另一个城市，当地的国王留他过夜，给了他食物和酒水，问：“你要去向何方？”听了王子的回答，国王给了他一块石头，说：“如果你摆脱不了那个女妖，就把这块石头扔到地上，命令它建一座大山。”

第二天早上，青蛙王子启程前往第三个城市。他在这里同样享用了美酒佳肴，美美地睡了一觉，也回答了同样的问题。这个国王给了他一根荆棘，说：“如果你摆脱不了那个女妖，就把这根荆棘扔到地上，命令它建一道围墙。”

到了第三天早上，青蛙王子终于抵达女妖的家。女妖的女儿上下打量了他一番，问：“你要去哪里？”

“我已经到了我要到的地方，”青蛙王子说，“把那只宝石金鸡给我。”

女孩说：“今天不行，明天可以。不过现在，你必须赶在我母亲回来吃掉你之前进屋藏起来。”

青蛙王子跟随女孩走进屋。她打开一个箱子，里面套着一个箱子，第二个箱子的里面又套着一个箱子，足足套了七层。青蛙王子想都没想女孩为什么会帮他——他的脑子仍是青蛙的脑子。他爬进了那个最小的箱子，女妖的女儿依次关上了七个箱子的盖子。

女妖回到家，问：“外面那匹马是谁的？”

“我在树丛里发现的，”女儿回答，“就把它骑回家了。”

当天晚上，女妖的鼻子痒痒的：“我闻到了人肉的香味。”

“当然了，”女儿说，“你一直吃人肉啊，房子里遍布着人肉的气味。”

女妖满意地入睡了。第二天早上，她离开家去找人肉吃。女妖的女儿打开一层层箱子，把青蛙王子放了出来，“你把金鸡拿去吧。不过你得先把我绑起来。等你走后，我会呼喊我妈妈，她听到第三声就会回来。她得花点时间给我松绑，你可以利用这段时间逃跑。”

青蛙王子把女孩绑起来之后，把那只金鸡夹在腋下，跳上马逃走了。女孩大声呼救，喊到第三声，女妖跑着冲回来，给她松了绑。女妖问：“这是谁干的？

青蛙的重要性

世界各地的稻田都是青蛙的家。几千年来，人们一直在猎捕青蛙作为食物。但直到近年来人们才认识到青蛙对稻田有益。这些稻田里有许多甲虫、蝗虫和其他农作物害虫。蚊子也容易在稻田里大量繁殖，它们携带疟疾和其他人类容易感染的病毒。青蛙吃各类害虫，所以今天的稻农认识到，青蛙是稻田生态系统的重要组成部分。

还有，更混蛋的是——谁拿走了我的金鸡？”

“我不知道。”女儿的回答从理论上讲是真话。她没有问过青蛙王子的名字。

女妖和女儿起身去追青蛙王子，母女二人都流着口水。你觉得惊讶吗？吓坏了吗？大可不必。要知道，女妖的女儿正在被训练成食人魔。她在自己可以忍受的范围内善待青蛙王子，但是妖怪就是妖怪，哪怕是还未成形的妖怪，也得做妖怪要做的事。

青蛙王子回头看，妖怪母女二人就要追上来了。他扔掉那根荆棘，说：“建一道围墙！”荆棘瞬间变成了一面荆棘墙。只听女妖和她的女儿大声呼喊：“啊！疼啊！”她们爬了一个小时才翻过那道墙。

很快她们又赶上来了。青蛙王子这回扔下了石头，说：“建一座大山！”石头即刻变成了一座大山。女妖和女儿又花了一个小时才翻越了这座山。

不要啊！妖怪母女再一次地追上了他。青蛙王子扔下了那块木炭，说：“建一面火墙！”木炭瞬间燃烧起一整面火墙，在熊熊燃烧的烈火里，青蛙王子听不见女妖和她女儿的尖叫声。她们被烧焦了。

青蛙王子回到了家中。他找到那片他在中脉串了米粒的椰枣叶，把上面的米都吃光了。一瞬间，他又变回了青蛙。太好了！这场进入王子身体的短暂旅行虽然有意思，但并不适合他。人类的食物太难吃了。就算拿到了半个王国和一头大象才载得动的东西，他又能怎样呢？他把金鸡放到马背上，挥挥手道别。他回到了从前的平凡生活——潮湿且美味——在稻田里当一只青蛙，陪伴着母亲。

泰国

金花公主

很久以前，国王沙努拉杰最心爱的妻子生了一个女儿。

王室占星家预言了公主的命运：“这个孩子会给你带来许多欢乐，但是……”

“嗯……请讲。”国王说。

“她会有一个古怪之处。不过，这个古怪之处将来能救她的命。”

“救她的命？你是说她将来会面临危险？大事不好！我们一定要密切关注，不能让这个预言成真！”

从那一刻起，公主的身边总是有很多女仆陪伴。起初，公主看起来一切正常，没有什么古怪之处。她从不使性子耍脾气，不吮吸她的头发尖儿，也从没忘记行鞠躬礼。父母对她的期冀，她都一一实现了。直到公主开口讲话。每说一个词，她的唇间就会飞出一朵金花。她只要开口唱歌，金色的花瓣就在她的周身环绕成一片花瓣云。她招呼小猫过来玩儿的时候，层层花瓣翻涌而来。

国王给公主取名菲可彤——在泰语里的意思是金花。

每一年雨季来临，稻田耕种过后，王国都会举办庆典活动，感谢寺庙的和尚们。金花公主会为和尚们献上新袍子，新袍子的颜色正是她嘴里吐出的鲜花的颜色。

欢庆新年之时，金花公主在父母的掌中洒上福水，以此表达敬重，并象征着净化他们的身心。

到了浮灯节，金花公主和朋友们一起用芭蕉叶编织成小船，在里面点上香和蜡烛。她们把小船放进河里，祈祷海洋母神可以带走一切烦恼。

一句话，金花公主堪称生活的楷模。

公主长成了少女。有一天她在河里沐浴，身边有女仆侍奉。这时远处河岸上的一只秃鹰将一条狗的尸身撕烂。“可恶的动物！这腥臭味让人作呕！”金花公主赶紧跑开说，“我再也不要看到秃鹰，再也不要！”

秃鹰飞来跟在公主和女仆们身后，“我是秃鹰之王，你刚才讲的话对我是极大的侮辱——要知道你犯下了致命的错误。”

第二天，秃鹰之王变身成一个英俊的男人。他去了宫殿旁的一处小屋，这里住着一对老夫妻。他赠予了这对夫妇一盒珠宝，请他们告诉沙努拉杰国王，他想娶金花公主为妻。

老夫妇遵循了他的指示，把男人的意图转达给国王。

一介平民胆敢提出要娶他们的女儿为妻！国王气得火冒三丈。不过他从这男人的胆量之中嗅到了机会，想有所收获，“告诉他，在你的小屋和宫殿大门之间修两座桥，一座金桥、一座银桥。他必须在二十四小时内完成这项任务。如果不能完成，我要取他性命。如果他完成了，他就可以向我的女儿求婚。”

第二天早上，两座桥赫然架在了小屋和宫殿大门之间。一座金桥，一座银桥。

此时的秃鹰之王仍旧是俊俏的男人模样。他请求公主嫁给他。

公主眨了眨眼。这是她第一次被求婚。因为口吐金花的怪癖，她迟迟没有定下婚约。为什么不答应眼前这个男人呢？

婚礼过后，夫妻俩踏上了丈夫的船驶向远方。金花公主问丈夫他们要去哪里。他什么也没说。她环顾四周，看了看船员们。他们都用珠子般的眼睛瞪着她。天哪，还有，这些船员们身上全都散发着一股气味。她辨认得出这股气味，就是那股恶臭。为什么啊，因为他们全都是伪装成人的秃鹰！

待到丈夫走进船舱去招呼船员之时，公主站在甲板上唱起了祈祷诗：

海洋母神啊，

我是你忠实的追随者，

具有象征意义的色彩

泰国大多数人都是佛教徒，在许多重要的领域，黄色是与佛教相关的颜色。相传，两千多年以来，佛教的僧人和尼姑用天然植物染色的布料制作僧衣。这些香料让布料呈现出橙色、黄色等颜色。在包括泰国在内的亚洲大部分地区，黄色被视为皇室的颜色。就连泰国的国花——金链花也是黄色的。也许金花公主嘴里吐落的正是那泰国的国花吧。

请救救我吧。

随着这番祈祷，一朵朵金花从她口中吐出。公主把其中一朵装进了一只银制的挂坠盒里，又把挂坠盒放入一个椰子壳，扔进海里，说：

高贵的人啊，高贵的灵魂，
请找到这只椰子壳，
让我毫发无伤。

海洋母神呼喊道：

抬头看看秃鹰乘的那阵风，
跑起来，掩护自己，
藏起来，藏起来，藏起来。

金花公主抬头看天空，天空中遍布秃鹰，那只巨大的秃鹰自然是她的丈夫。她藏到一个木桶下面。秃鹰排成一字，盘旋在甲板上方。为了搜寻她，这群秃鹰几乎把船撕成了碎片。她怎么就消失不见了呢，她在哪里？终于，秃鹰们飞走了。

金花公主从木桶下面小心翼翼地钻出来。海洋像梦幻一般平静，天空充满希望的湛蓝。就在不远处，驶着另一艘船。公主举起手臂用力挥舞，大声喊叫。一朵朵金花滚入海中，飘向了那艘船，形成一圈花环把船包围起来。

那艘船的船长是皮查伊国王，他是临近王国的统治者。皮查伊国王从海水里舀出了一个椰子壳。椰子壳的里面是一个挂坠盒，盒子里面的那朵花跟环绕这艘船的花一模一样。“我们快点，”他对船员下令，“奇遇在召唤我们。”

这艘船驶向了那一艘船。此时天色渐暗，一群秃鹰一会儿向这边俯冲，一会儿朝那边俯冲。秃鹰之王返回，再一次搜寻公主。不过皮查伊国王是技术高

超的水手，不出一会儿他就登上了秃鹰的那艘船。就在秃鹰的爪子要抓住金花公主手臂的那一刹那，皮查伊国王握着的匕首刺向了这只大鸟的心脏。

金花公主仔细打量着皮查伊国王。她有点怀疑他会不会变成一只怪物，“你真的是人类吗？”

“跟你一样是人类，”皮查伊国王说，“那只秃鹰为什么要逮你？”

“因为我冒犯了他，他要惩罚我。”

“你一定是个大胆的人，”皮查伊国王微笑着说，“我就喜欢这样的女孩。”

“请你带我回家好吗？我们路上可以聊天。”

就这样，在海洋母神的保护下，金花公主和皮查伊国王一同返回了沙努拉杰国王的宫殿。二人自然而然地相爱并结婚了。

又一年浮灯节到来，皮查伊国王和金花王后一起做了一艘芭蕉船。他们在船里点了香、蜡烛，还放了几千朵从王后唇间流出的金花。芭蕉船带走了他们的烦恼，驶向海洋深处。国王和王后过着幸福的生活，环绕他们的是一朵朵金花的幽香。

越南
水牛男孩和榕树

崔伊出生在一个贫穷的家里，非常非常的贫穷。他上不起学，每天去给一个富裕的农场主做工，去稻田里照看农场主的水牛。他还给猪准备泔水，去树林里采集掉下的枯枝当柴火。这些工作都由他一个人完成，常常精疲力竭。作为回报，农场主给崔伊饭吃，给他衣服穿，还给他一点儿报酬，让他可以买点儿他自己需要的东西。

一天，崔伊正抱着一捆柴火从森林中走出，这时他撞见了一只小老虎。小老虎正在阳光里愉快地玩耍，一会儿蹦跳，一会儿打滚，一会儿转圈儿。崔伊被这只小老虎迷住了。小老虎的欢快是他从来没有领略过的。男孩扔下了那捆柴火，抱起这只小老虎，逗它玩。

过了一会儿，从林深处传来一声低沉、缓慢的咆哮。崔伊觉得自己真是傻透了。谁都知道跟小老虎玩是十分危险的，老虎妈妈会把他撕成碎片的。他赶紧扔下小老虎，就近找了一棵树，拼命爬上去。

老虎妈妈冲到这片空地，在小老虎跟前停住了脚步。它嗅了嗅小老虎，小老虎一动不动！天哪！崔伊惊慌失措扔下小老虎的那一刻，把它摔死了。真是糟透了！泪水从崔伊的脸上滑落。可怜的小老虎，可怜的老虎妈妈。他静静地待在树上，一个劲儿地祈祷老虎妈妈不要发现他。

母老虎走到空地的边上，那儿有一条小溪。它弄了些榕树叶子塞进嘴里。母老虎回到小老虎身边，把嘴里的榕树叶子嚼烂后，一口吐在小老虎的头上。不到一秒钟，小老虎就起身围着妈妈活蹦乱跳。它看上去不像受过伤，更不像死过一回。

崔伊在树上待了很久，被眼前的魔法惊呆了。过了好一会儿，他才从树上下来，去了小溪边的那棵榕树前，采了些有治愈效果的树叶。他没有拿那一捆柴火，而是抱了一怀的树叶回家。

回家的路上，他见路边躺着一具狗的尸体。可能这条狗去追马车，被轧死了吧。这可怜的小东西。

崔伊把一些榕树叶子放进嘴里使劲嚼成浆。他学着母老虎那样，把嚼烂了的榕树叶吐在了那条狗的头上。不出一会儿，那条狗眨眨眼，摇摇晃晃地站起来，看了看四周，发了会儿呆。紧接着，它的体内像是爆发出了一股能量，飞奔而去，不见了踪影——它就跟崔伊一样生龙活虎了。

这些叶子真的可以起死回生呢！崔伊掉转头，朝那棵树走回去。那天余下的时光里，他都在奋力把那棵榕树连根挖起，拖回家，在自己的园子里重新种下。

“你在干什么啊，我的儿子？”母亲问。

“这是一棵神奇的树，妈妈。好好地对待它。绝不要把脏水浇在这棵树上。”

“什么？树都喜欢脏水啊。”

“这棵树不同，”崔伊笑着说，“这是一棵特别的树，要是你不好好对它，恐怕它会飞上天呢。”

崔伊的妈妈并没有把他的话听进去。她只要有脏水，就泼到那棵树上。对她来说，这是很正常的事。

但是，这棵榕树真的是一棵特别的树。它抽出自己的根，好像要把自己从土壤里连根拔起，一飞上天——它仿佛听懂了崔伊的玩笑，想要应验他说的话。

让人吃惊的是，那棵树果然飞走了！崔伊从农场干完活儿回到家，只见那棵榕树正从空中飘过，姿态如清风中的一片云朵。

男孩追上前，抓住了树根。可是崔伊又瘦又小，而那棵榕树又大又壮。崔伊无法将它拉回地面，他甚至没法让树飘得慢一点儿。他紧紧地抓着树根，榕树就这样带着他飞上了天空。

榕树在天上飞了好些天，崔伊悬挂在树根上。终于，这棵树飘到一处停了下来。这是崔伊做梦也没有想到的地方，这是一片荒地。崔伊松手放下那棵树，环顾四周，看到了地球。为什么呢？因为他到了月亮上面！

独自一人待在月亮上，这可是凄惨的命运呀。崔伊坐下来想办法回家，可是他想不到什么办法。

随着时间流逝，崔伊意识到他并不想念给有钱农场主做工的日子。现在好多了，他不需要再牵着水牛走过稻田，也不需要踏过破碎的茎秆，把脚弄痛。他不再被争抢食物的猪群撞到，他的胳膊不再因抱着柴火而被刮伤，这真是太好了。他唯一想念的是家人。

一棵神圣的树

在越南，地震、洪水和海啸等自然灾害经常发生，人们必须对大自然的压倒性力量时刻保持警惕，这一事实或许在越南的民间信仰中得以反映。这些信仰多基于自然界，包括动物、山脉和河流。榕树被认为是神灵的化身之一，因此人们常常将榕树栽种在寺庙附近。它也是和平的源泉。越南人会在中秋之夜讲述这个故事，它有许多不同的版本。

但是看啊，那不就是他的父母在抬头望着他吗？崔伊微笑着，拼命朝他们挥手。他确定，他们也在对他微笑，朝他挥手。

是的，这才是美好的生活——在月亮上的生活。这样就很好。一个水牛男孩也可以成为一个了不起的月亮男孩，不是吗？

于是男孩在月亮上永远地待了下来。在每个新月出现的夜晚，孩子们都能看到天空中的崔伊坐在那棵榕树脚下，对着他们微笑招手。

孩子们也朝他招手，还唱起歌来：

崔伊、崔伊，水牛男孩、家猪男孩、柴火男孩，
他独自一人在月亮上，
不必再干脏活、重活，只有月光、星星和闪闪发光的快乐，
跟随内心的旋律，翩翩起舞。

印度尼西亚

当上国王的孤儿

阿纳伊卢是个孤儿，渔夫孙伯利收养了他。他们兴许在一起度过了一些愉快的时光，毕竟二人没了对方都会变成孤身一人。可悲的是，孙伯利渐渐不满足了，因为他觉得好运气都被阿纳伊卢占了，而自己很倒霉。于是渔夫渐渐对男孩生出嫉妒。

两人每天都会架网捕鱼。一天，孙伯利发现自己的渔网里空空如也。这可真是糟透了，因为孙伯利正饿着肚子。他看了看阿纳伊卢的渔网。什么！他的渔网里装满了正扭动着的、肥硕的鳗鱼，甚至满到了渔网的边缘。阿纳伊卢就是这样，总有好运。孙伯利的肚子饿得咕咕叫，他把所有的鳗鱼都倒入自己的篮子，带回家饱餐了一顿。晚些时候，阿纳伊卢查看自己的渔网，发现里面有一头猪——一头又大又肥的猪。“嘿，猪，你怎么会跑到水里去了？”但是谁又在意呢？一头猪也是好的啊！“太好了！”阿纳伊卢叫出声来。他把猪带到集市去卖了，换来的钱一小部分买了一餐饭，剩下的钱捐给了穷人。

第二天，孙伯利的渔网又是空空的。他踱着步子去看阿纳伊卢的渔网。今天他的渔网里盛满了鲈鱼，孙伯利当即又把这些鱼全偷走了。阿纳伊卢回来查看自己的渔网时，见里面有一头鹿，“强壮的鹿啊，你是怎么会跑去游泳的呢？”那头鹿只会傻傻地看着他。好吧，一头鹿也是好的啊！“太好了，太好了！”阿纳伊卢高兴地叫出声来。他又去了一趟集市，又美美地吃了一顿，又有了钱财和他人分享。

到了第三天，孙伯利发现自己的渔网仍旧是空空如也，而阿纳伊卢的渔网

多岛之地

这个故事中鱼和米的要素很突出，因为它们是印度尼西亚饮食的重要组成部分。不过这并不代表印度尼西亚就是同质的社会。印度尼西亚由许多岛屿组成，这其中大约一千个岛屿都有人居住，这也让印度尼西亚成为世界上最大的群岛国家。住在这些岛上的人来自不同的民族，有不同的饮食文化。有些人吃肉（尤其是牛肉和山羊肉），还有许多人是素食主义者。

里满是鲶鱼。这也太不公平了吧！阿纳伊卢的好运还要持续到什么时候？孙伯利偷走了阿纳伊卢所有的鱼，怀恨在心的他还把阿纳伊卢的渔网扔了出去，渔网挂在了一棵红色柳安树的树枝上。这可不是明智之举，因为这下没人能受益于阿纳伊卢的好运了。但是嫉妒心可以让一个人起歪心思。阿纳伊卢回来发现渔网不见了，便四处寻找。他看到渔网在那树上高高地挂着。男孩费劲地爬上树，发现他的渔网里面满满当当的都是画眉鸟。他冲这些鸟儿们吹口哨，鸟儿也冲他叫。这可太奇妙了，人人都希望自家能有一只这样的鸟儿啊，“太好了，太好了！”阿纳伊卢在去往集市的路上一路享受这美妙的鸟鸣声。在集市，他用这些鸟儿换取了一笔可观的金钱，而且越来越多的人沾上了这喜气。

到了第四天，你已经猜到接下来的故事了：孙伯利的渔网仍是空空的，阿纳伊卢的渔网满载而归，这一回是黄花鱼。孙伯利当然再一次偷走了这些鱼。愤恨交加的他还把阿纳伊卢的渔网高高扔向了一棵垂叶榕。要知道，垂叶榕可是一种神圣的树，所以当阿纳伊卢寻过来，看到自己的渔网高高地悬挂在伸展的树枝上，周围闪着光时，他一点儿也不惊讶。毕竟圣树就是神奇的。不过当他爬上树，发现渔网里躺着一位温柔的女子时，他着实吃了一惊。他惊讶得不知该如何问那位女子是怎么跑到渔网里来的。他脑子里只有一个念头，那就是这一次遇见的惊喜比任何一次都要好——一个美好的伴侣。他的脑海中全是“太好了呀，太好了呀”！

女孩微笑着说：“我是阿纳欧，生活在太阳上的女孩。在你的渔网里装满鳗鱼、鲈鱼、鲶鱼的就是我。我还在你的渔网里装了猪、鹿和那群画眉鸟。我已经默默观察你很多年了，人们都说你运气好，正是我带给你的好运。”

“为什么你要这么做？”

“我爱上你了。”

“为什么呢？”

“难道我们不应该爱上慷慨的人吗？还有，我喜欢你说‘太好了’的语气。”

“‘太好了’就是我第一眼看到你时的想法。我当时想，太好了，太好了，太好了。”

“我懂，”阿纳欧摸了摸阿纳伊卢的脸，“我无法下凡与你在一起，因为天空才是我的归属。但我会一直带给你好运的。拿着这个。”阿纳欧给阿纳伊卢一枚戒指，并告诉他：“这枚戒指的名字是新帝皮兰加。它会保护你的。”

阿纳伊卢戴上戒指回家去。这个生活在太阳里的女孩让他感到头晕目眩。他等不及第二天再去看她。

与此同时，孙伯利已经心烦意乱了一整天。嫉妒心彻底荼毒了他的头脑。当天晚上，他带了一把刀偷偷潜入阿纳伊卢的房间，准备杀死他。那个叫新帝皮兰加的神奇戒指射出一道奇妙的光，当即就杀死了孙伯利。

第二天，阿纳伊卢再次前往那棵圣树去看阿纳欧。男孩又伤心又迷茫，他哭着告诉了女孩昨夜发生的事。他一直不知道孙伯利对自己心怀恶意。

阿纳欧给了他一个篮子和一口锅，“这个篮子会一直盛满蒸熟的米饭。这口锅会一直装满炸鱼，需要多少它就提供多少。快走吧，去找寻你的新生活。”

就这样，阿纳伊卢带着那个篮子和锅离开了。不管去到哪里，他都让每个人吃上了热乎乎的米饭和炸鱼。没有人再忍受饥饿。为了表达感激，人们让阿纳伊卢当上了国王。每晚入睡前，他都对着天空轻轻地吐出一句话：“太好了。”

澳大利亚

澳洲水兽

很久以前，在一个很远的地方，一群男人离开营地，动身去远方为妻子和孩子们寻找食物。觅食当然是一件严肃的事，不过这群男人都还年轻，他们一路觅食一路玩耍。男人们比赛谁能把长矛扔得最远，看谁把回旋镖玩得最好，还比谁跑得最快。炙热的阳光照着他们，也不能阻止这群人的游戏。

他们来到一个地方，这里在雨季和汛期会形成一个巨大的水潭。不过现在是夏天，只有几处小水池，中间隔着厚厚的芦苇丛。其中一个男人说：“芦苇的根可以与洋葱媲美，我们采一些带回营地吧。”

男人们从附近的柳树上折下了一些树枝，编织成一个巨大的篮子，用来装芦苇根。就在他们准备跳入水中去拔芦苇根的时候，其中一个人指向水池说：“等等！看那边，有鳗鱼！我从来没有在白天见过鳗鱼。它们好像是专门出来跟我们打招呼的。我们抓鳗鱼吧。”

其他人也觉得这是个好主意。他们在附近找到一棵金合欢树，用树皮做了钓竿，再把虫子放在钓竿的钩子上做鱼饵。其中一个人有一块晚饭剩下的生肉，他就割了一小块生肉做鱼饵，朝着最大的那个水池走去。

他们钓了很久，一无所获。此时太阳又沉下了一些。男人们还是一无所获。他们觉得鳗鱼在戏弄自己，真是一群狡猾的生物。哦，要是连一篮子芦苇根都采不到，空着手回家那就太扫兴了。

突然，一支钓竿被拉了一下——是那支用生肉做鱼饵的钓竿。钓竿被狠狠地扯着，这一头的男人几乎就要摔倒。于是他呼喊其他人来帮忙。他们一齐拖啊拽啊，直到他们的捕获物躺在岸边。这可是一头奇怪的生物，既不是小牛，也不是海豹。所有人都吓得浑身哆嗦，尽管他们从未见过这种生物，不过他们都知道它是什么：那是可怕的澳洲水兽的幼崽。

这只幼崽发出了一声低嚎，水池的另一边传来了一声回应的哀鸣。那只水兽妈妈从它的穴居里一跃而起，高声尖叫。它黄色的眼睛燃烧着怒火，朝他们游来。

“快放了它！”其中一个男人说。

“不行，”那个抓到水兽的男人说，“它是我捕到的，我要留下它。”他把长矛扔向那只水兽妈妈，企图把它吓走。“我对爱人许下了承诺，要带回去三天的盛宴。我们当然不能吃了这只小水兽，但它不失为一件礼物，可以献给我爱人的兄弟姐妹。他们会喜欢和它玩的。”男人将幼崽举起，扛到肩上，走回了营地。

水兽妈妈哭了。

所有人都走了。黄昏临近，平原变得黯淡下来，只有山顶处还闪着光。男人们听见身后传来一阵嗖嗖的声音，他们回头一看，只见水兽水池的水位升高，漫过了河岸。

“这是怎么回事？”他们面面相觑，“这些天没有下雨，甚至连云都没有。这太奇怪了，大事不妙啊！”

男人们惊恐万状，拔腿就跑。他们跑到最近的一座山，回头看自己是否安全。恐怖的是，水位竟然又比之前升高了，只有最高的那棵树的树尖儿露在水面之上。男人们比先前跑得更快了，他们沿着山顶之间相连的山脊一路跑回了营地。

抓到小水兽的那个男人把它扔到一群男女老少中间。所有人都肃静了下来，大家都知道糟糕的事情就要发生了。

“水来了，”其中一个男人喘着气说，“水要漫过来了！”跑了那么久的路，他已经上气不接下气了。

男人根本不需要解释，因为大家都看到那水已经漫过了山脊。人们紧紧抱住彼此，他们该怎么办呢？谁都没有办法把这洪水推回去啊。

抓了小水兽的那个男人对自己的心上人说：“我们爬到那棵树上去，水不会漫过那里的。”话音未落，他就已感受到洪水的冰凉。他低头看自己的双脚。他的脚已成了网状的蹼，就像水鸟的脚一样！再看看自己的爱人，她不再是一个女人了，而是变成了一只巨大的黑鸟！他环顾周围看其他人，他们也都变成了鸟。男人伸出手想捂脸。不！他已经没有手了——取而代之的是他的翅膀。他想张嘴呼救，可是喉咙里发出的声音是他从来没听过的，就像号角声。还有他的脖子，天哪，他的脖子又细又长。

他已经完全被水包围了，水没过膝盖、腰，越涨越高。男人发现

自己轻而易举地就在水面上漂起来了。月光点亮了水面，他低头看自己的倒影，那是一只天鹅！

水兽妈妈游进了营地，找到了自己的幼崽。洪水这才退去了。

从此没人敢再靠近水兽的池子，人们惧怕水兽妈妈那双黄色的眼睛和它强壮的下颚。有人说，它的兽穴里藏满了人类的珍宝。可是他们是怎么知道的呢？

这是人类唯一一次变成天鹅。他们组成的天鹅群和任何一类天鹅都不同。因为到了晚上，他们会说一种特殊的语言，他们会笑，会唱歌，还会讲笑话。

澳大利亚黑天鹅

世界上有好几种天鹅，其中黑天鹅原产于澳大利亚。黑天鹅有着红色的鸟喙和白色的翅膀尖儿（仅在它们飞起来时可见），父母双方会共同抚养它们的小天鹅。黑天鹅小时候身体是灰褐色，鸟喙是黑色，直到成年后才变色。黑天鹅几乎一生都和它们的伴侣待在一起。

斐济
库马库和巨人

“库马库，给我拿点水来，”库马库的妈妈喊了一声，“家里没有盐了。不要去泉边取有甜味的清泉水。我要来自海里的盐水，做饭用。”

库马库正忙着给自己编织花环呢。她很喜欢把粉色和黄色的花交织成花环戴在脖子上，这样就能闻到一股辛辣的味道。哪怕没有举行庆典，她也要每天编织花环。

“听到我说话了吗，我的小姑娘？”

“等等啦。”

“你就不能当一回听话的小孩？”

库马库在两只耳朵后面各夹了一朵缅栀花。未婚少女本应该只在左耳的后面放花朵，但是库马库喜欢太阳穴被花朵挠得痒痒的感觉，而且她还小，不必在意人们说三道四。她放下手中的鲜花，准备稍后再继续编织，“我准备好了。”

“好孩子。要提高警觉！外面很危险，蜘蛛网很危险。”母亲说，“你知道我在说什么。一定要听我的话，快去快回。”

库马库从妈妈手中接过椰子壳就出门了。她蹦蹦跳跳地经过了一个个木屋和草屋，经过了嬉戏的孩童，经过了清新的泉水。

到海岸最近的路要穿过一片荒地，这里的灌木丛上挂满了蜘蛛网。库马库停下来盯着看了一会儿。哪个笨蛋要是被蜘蛛网缠住，就会被巨人吃掉。罗图马岛深受这帮巨人的祸害。库马库之前从没有见过巨人，

真正的巨人

斐济有很多关于巨人的故事，其中一些可能是真的。古生物学家发现，斐济曾是许多巨型动物的家园，如今动物们的体积要小得多。在鸟类中，一只和鸡相似的鸟体重约为 15 公斤。相比之下，今天的一只普通鸡只重约 2.5 公斤。一只类似鸽子的鸟站立高度超过 1 米，今天的鸽子不到 0.3 米。大约在三千多年前，第一批到达斐济的人类发现，这些巨型鸟类很容易猎捕，成为人们的食物。随着时间的推移，这些动物被捕杀至灭绝。

不过每个人都在谈论他们。

尽管这条路径危险，但库马库还是得帮妈妈去取盐水。而且妈妈马上就要用，其他路径都会费时更久。

更重要的是，库马库尽管年纪小，却喜欢接受挑战。只要巨人们不会一口把她吞了，见一见巨人应该会很好玩吧？

库马库轻轻摸了摸耳朵后面的花儿，为了爱，也为了好运。她径直朝着海边走去，沿途小心翼翼地避开蜘蛛网。她欢快地甩着一头黑色长发，放声高歌。她的歌声如此响亮，巨人们都能听见：

我是库马库，我在路上，

要去海边取水。

布拉布拉，欢迎你们啊，巨人们。

张开你的巨臂过来吧，过来帮我吧。

两个巨人从灌木丛中探出头来。他们果真是巨人哪：腿有树干那么粗，眼睛火红如太阳，头发乱蓬蓬。巨人们把库马库抱起，高高悬在空中，她屏住了呼吸，一动也不敢动，声音憋在喉咙里发不出来。哦不！她终于又一次没听大人的话，也是最后一次了。

巨人们抱着她穿过了荒野。他们来到海边，把她放下来。

原来他们是在帮她啊！原来是件好事啊！她的歌声起了作用。库马库用椰壳盛满了海水。

可是现在该怎么办呢？巨人长长的爪子已将她围住。

库马库觉得她就像一只野生的鸟儿被困在了笼子里。于是她再一次摸了摸耳后的花朵，为了爱，也为了好运。她使出浑身的力量歌唱：

斐济的风啊，请吹起来，

把海底的黑沙卷起，

投向巨人的眼睛，

他们就看不见小小的我了。

汤加的风啊，请尖叫吧，

把海底的白沙卷起，

让巨人头晕眼花，

我就可以像蜜蜂一样飞快地跑回家。

斐济的风吹了起来，汤加的风也在呼号。黑沙和白沙从远处滚滚而来，在海的上空旋转着翻腾了数百里。它们无情地涌向罗图马岛，笔直冲向那两个抱着小小库马库的巨人。狂风卷着沙子灼伤了巨人的眼睛，擦伤了他们的皮肤，堵住了他们的鼻孔。

巨人尖叫着四处乱窜，痛苦又无助。

库马库重获自由，她拔腿就跑，像风一样疾驰。她穿过了荒野，爬上了山坡，经过那清新的泉水，经过了嬉戏的孩童，经过了木屋和草屋，一路赶到了家。而且她端着那只盛满了盐水的椰子壳，全程保持平衡。

"谢谢你，库马库，"母亲说，"你的动作真快啊。谢谢你终于听话了一回。"

小小的库马库笑了，继续去编织她的花环了。

厄瓜多尔

蒙多普马

在很久很久以前——

停！停下来，想一想。

往回看，睁大了你的眼睛——

很久很久以前，久远到你的大脑难以弄清。

这就是我要唱的歌：

在那个时候、那个地方，在时间出现以前，

穿梭在丛林中的那只美洲豹妈妈，

伟大的美洲豹——蒙多普马。

她的脚印纵横交错，在四处留下花纹。

她奔跑穿越丛林，

搅得鹿群、野猪和貘惊慌失措；

她攀上树干，

吓得树上的蛇、猴子、树懒惊恐不已；

她纵身跃入水中，

让鱼儿、乌龟和鳄鱼都措手不及……

不过她不止吃掉这些动物，

她还吃我们！她吃人，吃那些老人和年轻人。

美洲豹妈妈带着她嗜血的本性猎杀人类。

彪悍的美洲豹——蒙多普马。

在时间出现以前，两个兄弟出生了：

多西鲁，库伊尔。

我要歌唱这两个聪明、美丽、智慧的男孩，

他们长大后，成了聪明、美丽、智慧的男人。

他们住在加莱拉山附近，辛勤工作，

在山上挖了一个巨大的洞穴。

他们做这一切，因为想要驱逐她。

那只凶狠的美洲豹——蒙多普马。

他们在洞穴里放了一个美妙的乐器，在加莱拉山里。

然后他们呼唤那只美洲豹妈妈

来啊，进到洞穴里来吧！

看看这巨大的乐器，

它是世上最好的风琴。

我们人类用小得可怜的手，

也能弹奏出动人心弦的音乐。

可是你，你有长长的爪子，

啊，你弹奏的音乐将会美妙得多。

美洲豹妈妈在远处听着望着，

谁不喜欢音乐呢？

高贵的美洲豹——蒙多普马。

首先，多西鲁进了洞穴，弹奏了一曲美妙的乐曲。

叮咚叮咚。叮咚叮咚。叮咚叮咚。叮咚叮咚。

叮咚叮咚。叮咚叮咚。叮咚叮咚。叮咚叮咚。

然后库伊尔又进入洞穴，也弹奏了一曲美妙的乐曲。

叮咚叮咚。叮咚叮咚。叮咚叮咚。叮咚叮咚。

叮咚叮咚。叮咚叮咚。叮咚叮咚。叮咚叮咚。

那只美洲豹妈妈听得陶醉，听得入迷。

优雅的美洲豹——蒙多普马。

美洲豹妈妈说，

我珍视音乐，它拨动我的心弦，

但我知道你们在使诡计。

你们弹奏得如此轻松，

因为你们兄弟俩不是一般人，你们有智慧。

兄弟俩高声呼喊，

不，我们几乎不会弹琴。

你有爪子！你可以比我们演奏得好得多。

进来吧，这里有一把好椅子给你坐，

进来弹奏一曲吧，让我们看看你是怎么演奏的。

美洲豹妈妈来回踱步，她动心了，垂涎里面的风琴。

美丽的美洲豹——蒙多普马。

两个兄弟再次弹奏，这一回比前一曲更美妙。

轮到你了，蒙多普马妈妈。

我们会站在外面听你弹奏。

兄弟俩走出洞穴。

那只美洲豹，那个强壮的母亲，

久负盛名的野生猫科动物

这是一个关于一头名字叫蒙多普马的美洲豹的故事。在西班牙语里，“蒙多普马”意为“世界美洲狮”。有些地方，美洲豹被称作虎。不过美洲豹既不是美洲狮也不是老虎，这种强大的动物是不同的物种，也是美洲范围内最大的野生猫科动物。美洲的一些古代文化将美洲豹视为神明，这些地区的艺术和建筑以展现大型猫科动物的形象为特色。美洲豹从南美洲一路漫游到北美西南部，但由于农业和畜牧业带来的森林砍伐，如今美洲豹的栖息地已不到从前的一半。

她进去了，坐下了，弹奏了。

兄弟俩呼喊，

这音乐太美妙了，

太太太太太太太美妙了。

美洲豹继续弹奏着，兄弟俩在洞穴的前后洞口堆上石头。

噌噌噌，那是石头封闭的声音，把她关起来。

彪悍的美洲豹——蒙多普马。

从洞穴外面已经听不见音乐。

接着传出豹子的嚎叫，

那是愤怒和挫败交织的咆哮。

山上的岩石颤抖了，摇晃了，滚落下来了。

兄弟俩害怕整座山就要摇摇欲坠。

可最终山上只露出一个小小的、寂寞的孔洞。

美洲豹妈妈的一只爪子从那洞里伸出，

剥下了长在那里的蘑菇，

彪悍的美洲豹——蒙多普马。

如今，加莱拉山只是偶尔发出一些声响。

不过当你听见时，你知道这是蒙多普马在诉说悲伤，

她只能靠蘑菇充饥，

吟唱她的痛苦、失落和惨败。

你能听到她弹奏那件乐器。

这只美洲豹妈妈不再猎杀人类了，

伟大的美洲豹——蒙多普马。

巴西

金罐子

有个寡妇带着两个女儿生活：一个是她跟前夫生的，另一个女儿是她第二任丈夫带来的。女人厌恶这个继女，把所有的家务活都交给她干。

一天，寡妇带亲生的女儿出门逛街，把继女留在家里洗衣服、做晚饭、打扫厨房。

咚咚咚，有人敲门。

女孩开门，只见一个瘦骨嶙峋、苍老孱弱的老妇人站在门外，嘴里叼着一根烟斗。

“我的烟斗熄灭了。你可以帮我重新点燃吗？”

女孩去壁炉里取燃屑。这时，老妇人趁机冲进大房间，从桌上拿走了一个金罐子。

女孩儿带着燃屑回到门口，发现老妇人已消失不见。哎呀，大事不好！继母有两个心爱的金罐子，其中一个不见了。一定是被那个老妇人偷走了！女孩的麻烦大了。她得想办法把金罐子拿回来。

女孩儿四下张望，寻找老妇人的踪迹。前面那棵树上是什么？那是只金色的小鸟吗？

“阳光下的鸟儿啊，你有没有看到一个老妇人抱着一只金罐子从这里经过？”

“你不会动动脑子吗？没看见我的腿受伤了？帮我处理好伤口，我就回答你的问题。”

女孩从裙子下摆扯下一块布，给鸟儿包扎好受伤的腿。

“谢谢。你问我的问题，去问那只兔子吧。”

女孩环顾四周。那是一只白兔子吗？就在前方的荆棘丛里。

“雪白的兔子啊，你有没有看到一个老妇人抱着一只金罐子从这里经过？”

“你不会动动脑子吗？没看到我被卡在这里了？把我救出来，我就回答你的问题。”

女孩使劲拉，把兔子从荆棘丛里拉出来了。

“谢谢。你问我的问题，去问那头牛吧。”

牛？哪里的牛？女孩循着气味一路找，因为牛身上臭烘烘的。她看到一头牛被拴在树上。

“芬芳的牛啊，你有没有看到一个老妇人抱着一只金罐子从这里经过？”

“你不会动动脑子吗？看不见我有多渴吗？给我点水喝，我就回答你的问题。”

女孩从地上捡起一块凹陷的树皮，去了河边。她用这树皮当碗，给牛取了水。

咕噜咕噜咕噜。“谢谢你，”喝饱了水的牛说，“那个老妇人住在这条路尽头的一间草屋里。她现在不在家，你先进去等她。等待的时候，要听从你的内心。”

女孩找到了那间草屋。她进了屋，希望可以见到老妇人。她看了看四周，到处都是脏衣服。壁炉里有一壶水，女孩在下面生了火；她还洗净了脏衣服，并一一晾晒好。天哪，厨房也是一团糟，一堆脏盘子，还有剩饭剩菜撒在地上。女孩洗净了碗碟，擦净了厨房地板，再说她既然都来了，就把草屋里其他房间的地板也擦干净吧。她在角落处找到一篮子豆子和蔬菜，下面放着一点儿猪肉。那猪肉已经快被风干了，这多浪费啊。女孩痛恨浪费。她把蔬菜洗净，切成小块，连同肉一起做了一道炖黑豆。这是已去世多年的母亲在世时教给她的一道菜。一切收拾妥当后，她想坐下歇会儿，结果睡着了。

老妇人回到家中，差点儿滑倒。地板被擦得如此干净。炖黑豆的香气将她包裹了。被她偷走了金罐子的女孩在椅子上睡着了。老妇人感到一阵暖意。不过她并不打算告诉女孩她的真实感受。她把女孩摇醒，说："你以为你是谁，随意闯进一个贫穷的老妇人家里，以为这是你自己的家吗？你把我的东西这里藏、那里放，我还怎么找得到？锅里是什么？你怎么知道我打算用这些豆子和猪肉做什么？"

女孩咬着下嘴唇，冲着老妇人眨了眨眼。

老妇人递给女孩一篮子四季豆，说："做点有用的事吧。把四季豆上面的茎剥下来。"

女孩麻利地干起活。

老妇人看着她，心中越发喜悦和温暖，"过来帮我梳头。就用你那纤巧麻利的手指。"

女孩的手指再次施展了魔法，只是这一次动作慢了些。老妇人的头发里满是蠕虫、蟾蜍和蜘蛛。女孩得轻轻地拨出放在一边，以便虫子滑走，蟾蜍跳走，蜘蛛爬走。女孩微笑着，她喜欢把混乱的一切整理得井井有条。

"谢谢你，"老妇人勉强道谢，"吃一点儿炖豆子吧。"她看着女孩吃饭，"把这个拿去。"老妇人递给女孩一段麻线，上面挂着晒干的豆荚，"我用这个买下你继母的罐子。需要什么的时候，就扯下一颗豆子，对着它许愿。"

女孩接受了这个礼物，但她知道继母一定会暴怒的。女孩每迈向家门一步，心中的担忧就增加一分。继母一发怒就对她越发恶毒。哎，要是她不这么穷，就不必跟继母住在一起了。

女孩从麻线上扯下一颗豆子，对着它许愿："我想要一座富丽堂皇的宫殿。"

瞬时，她的眼前出现一座巨大而奢华的宫殿。她是不是疯了？这是真的吗？

女孩从麻线上再扯下一颗豆子，对着它说："我要一辆马车。"

一辆马车即刻出现在她面前。车身是黄金做的，窗户是水晶做的，六匹白马拉着车，身着红丝绒制服的仆人守候在一旁。

女孩目瞪口呆。她扯下了第三颗豆子，说："我要新衣裳，要专供住在宫殿里的人和乘坐马车的人穿的新衣裳。"

女孩低头看自己，此刻她穿着丝绸礼服。她又摸了摸头，一顶王冠稳稳地戴在头上。她摘下王冠，天啊！上面镶满了钻石！女孩的耳朵上挂着耳环，她摘下放在手里掂了掂，那是翡翠，和胸前的项链相得益彰。女孩把王冠和耳环重新戴上。她的身边站着一排宫女，随时等着服侍她。

女孩走进宫殿。只见宝箱里装满了宝石和金币，衣柜里塞满了华服。

村里的人们怀着好奇心纷纷来参观这座崭新的宫殿。女孩热情地接待他们，还送出礼物。人们奔走相告，说宫殿里住着一位亲切美丽的公主。消息传到了女孩的继母和姐姐的耳朵里。母女二人贪婪成性，既然人们都说这位公主很大

方，她们也要去看看她。

“什么？怎么会这样？你是我的继女啊。”寡妇说。

“这一切是怎么发生的？”继母的女儿问。她的脸绷得紧紧的，脸上写满了嫉妒。

女孩把事情的经过一五一十地告诉了她们。

第二天，寡妇的亲生女儿在家，那个苍老的妇人又来敲门请求帮她点燃烟斗。贪婪的女儿下决心要拿到那一串许愿豆，同时她也不想失去第二个金罐子。于是她朝老妇人扔了一个水桶，还跑去厨房拿锅来砸她。女孩从厨房出来的那一刹那，老妇人抓起桌上剩下的那只金罐子，消失不见了。

贪婪的女孩冲到外面，问身边每一个动物它们有没有看到一个抱着金罐子的老妇人。动物们没有即刻回答她的问题，她就朝鸟儿扔了块石头，狠狠地拔下兔子的毛，还拿鞭子抽打那头牛。走到路的尽头，她来到了那个草屋，闯了进去。她到处窥探，打翻碗碟，弄翻食物，把炉火也熄灭了。

老妇人一回到家，贪婪的女孩就要求她交出那个金罐子。老妇人看到女孩把家里搞得又脏又乱，只是笑了笑，就把金罐子还给了她。

“我还要许愿豆。”贪婪的女孩说。

“我猜到你会要。”老妇人说着递给女孩一段麻线，上面挂着一串晒干的豆荚。

贪婪的女孩赶紧往家里冲。就在快要到家的时候，她想到自己是多么嫉妒那位新公主。是的，她要一座比新公主的宫殿大许多倍的宫殿。

贪婪的女孩一次扯下了三颗豆子。但她还没开口许愿，就突然身处一个洞穴之中，只有一丝微弱的光。

一只蟾蜍跳过来。女孩尖叫，接着一百只蟾蜍跳上了她的身体。

一条蛇缠住了她的双腿。她尖叫，接着一百条蛇跟了过来。

一群蜘蛛爬遍了她的全身，从头到脚。

就算她张嘴呼救，也没人听得见，因为这附近没有人。可能直到今天她还在那个洞穴里呢。

善良的女孩开心地过着自己的生活，对姐姐的遭遇毫不知情。由于女儿的失踪，继母悲伤不已。善良的女孩出于同情，邀请继母搬入宫殿与她同住。

致命生物

在这个故事中，贪婪的女孩被困山洞，遭到了蟾蜍、蛇和蜘蛛的折磨。巴西不仅以致命的箭毒蛙而闻名，它还是很多有毒（但不致命）的小型蟾蜍的家园。巴西也有毒蛇，有些毒蛇对人类是致命的，比如金矛头蝮。巴西的大凯马达岛上有非常多的这类毒蛇，因此国家禁止人们进入此地。另外，巴西还有一些世界知名的剧毒蜘蛛，包括经常在香蕉树叶上发现的巴西游走蜘蛛。

智利
德尔加迪纳和蛇

德尔加迪纳到小溪边去清洗做晚饭要用的小麦。回家的路上，一条蛇横在了她面前。这条蛇有她的手掌那么长，身体呈亮黄色。德尔加迪纳小心翼翼地把它捡起，带回了家。

“哎呀！把这丑陋的东西扔出去。”德尔加迪纳的妈妈发着抖说。

德尔加迪纳亲了亲小蛇，说：“可它是我的小宝贝啊！”她找来一个小小的陶罐，把蛇放了进去。这家人很贫穷，可是德尔加迪纳只要自己有吃的，不管是面包碎屑还是小口的牛奶，都会与小蛇分享。

几个月过去，小蛇长大了。德尔加迪纳把它挪到了一个大些的陶罐里。又过了几个月，她再次给它搬家。这一回，她把蛇放进了储存葡萄酒的大木桶里。

每天，德尔加迪纳都把蛇拿出来，和它一起玩。她给蛇一个信号，蛇就会自己钻回木桶里。这个方法不错，因为这条蛇现在体积巨大，德尔加迪纳已经抱不动它了。

一天，蛇对她说：“我现在太大了，木桶装不下我了。我也连累你一直照顾我。所以再见了，亲爱的女孩。我爱过你。”

德尔加迪纳哭了起来。

“嘿，别难过呀。我给你一个宝贝，看到它你就能想起我。伸手来揉我的眼睛，直到揉出眼泪来。好的。从现在开始，只要你洗手之后甩甩手，一枚枚金币就会落下。”说完，大蛇就滑走了，喊了一句：“再见啦。”

她的蛇是因为困在酒桶里所以发疯了吗？不过德尔加迪纳试着把双手放进她家的脸盆里，然后甩了甩手，只见金币哗哗落下。这是真的吗？还是她也疯了？她把手放回水盆，又甩了甩。真的呢！好多好多金币落了下来。

很快，德尔加迪纳就习惯了她拥有的新魔法。她买了美食与妈妈分享，还找人盖了一间小木屋，和妈妈搬进去同住。

国王听说了女孩洗手后甩手就能制造金币的消息。他想娶她为妻，让她把他变得更富有，于是请一个老巫婆去帮他把女孩带到身边。他为什么要找巫婆去办这事，谁知道呢？大概这国王的判断力也不怎么样。

巫婆认识德尔加迪纳的母亲，就告诉她国王想见见她的女儿。

“我的天哪！”德尔加迪纳的母亲惊叫，“为什么啊？”

“我会弄清楚的，让我带她去城堡吧。”巫婆说。她回答得很卑鄙，其实国王已经告诉过她，他的意图是娶女孩为妻。

去城堡的路上，巫婆挖出了德尔加迪纳的双眼，把她扔进了海里，然后她带着自己的女儿去见了国王，“这就是那个手中能飞出金币的女孩，她想嫁给你。”巫婆的话千真万确，她的女儿想着如果能和国王成婚，那将是非常幸运的。

国王并没有爱上巫婆的女儿，不过他不会跟钱过不去，“好的，我们明天就成婚。”

此时，可怜的德尔加迪纳在海里漂着，什么也看不见。一群渔夫发现了她，善良的渔夫们把她带到他们住的山洞里，好心地照料她。

城堡这边，国王发现他的新婚妻子并没有创造财富的本事，“你怎么回事啊？你不是会制造金币吗？”

“我不能，”巫婆的女儿说，“我以前可以。可是自从嫁给了你，我就失去了那个能力。都是你的错。”

国王相信了她的话。跟这个女孩结婚，他也不开心。可现在又能怎么办呢？

德尔加迪纳仍旧住在那个山洞。一天，独处的她听到一个声音：“德尔加迪纳！你怎么会在这里？”

德尔加迪纳当即认出了这个声音：“我亲爱的蛇！”

“你怎么会到这里来的？”

“一个巫婆挖去了我的眼睛，把我扔到海里。一群渔夫救了我。”

蛇流泪了，“用你的双手揉我的眼睛吧。好的，现在睁开眼睛吧。”

不知怎的，德尔加迪纳竟然又拥有了双眼。

“啊，我美丽的蛇！谢谢你。”

“你的眼睛现在是深海般的绿色，十分迷人。爬到我背上来，抱紧我。”

德尔加迪纳骑上了蛇，来到巫婆把她扔进海里的那个地方。

“现在走回家去，”蛇说，“别闲逛，径直回家。”

蛇的感官

这个故事中的蛇对德尔加迪纳有着真挚的情感，在离开多年以后认出了她。在现实生活中，这是不太可能发生的事，大多数蛇的视力都很差，它们在这个世界摸索行进并不依赖视觉，而是通过出色的嗅觉和对热度的感知。蛇耳朵位于身体内部，这使得它们对于爬过的物体表面所产生的震动十分敏感，但可能对空气中的声音就没那么敏感了。

德尔加迪纳踏上了海岸，“再见了，我亲爱的朋友。”她开心极了，一路蹦蹦跳跳回到家。迎面撞见母亲时，这个老妇人吃了一惊。德尔加迪纳告诉了母亲事情的原委。之后，母女二人唱着歌，一起喝了马黛茶。

德尔加迪纳回归了原来的生活，洗洗手，甩甩手，就生出一排又一排金币。毕竟她靠着这个本事养活自己和母亲。很快，消息又传到了国王的耳朵里，那个可以制造金币的女孩和母亲团聚了。哦，天哪！国王心想：我是不是娶错人了？国王有了一个点子，他在宫殿设宴，把王国里每一个人都请来参加。

宴席完毕，用来洗手的小碗被端上了餐桌。德尔加迪纳的手指浸入碗中，然后甩了甩，那一刻金币撒向四方。国王很快就驱逐了他的妻子和妻子的巫婆母亲，然后向德尔加迪纳求婚。

德尔加迪纳微笑着说：“我和母亲过得很好，我们二人就够了。不过你愿意的话可以追求我，我们看情况再说吧。”

墨西哥
红瀑布

两道瀑布从一座雄伟的高山顶上飞流直下。红色的瀑布涌入山底的池子，打着漩涡。这两道瀑布看起来相似，其实它们大有不同。一道瀑布流出的是红酒，另一道瀑布流出的是血液。

这两道瀑布都被施了魔法。如果你在红酒池中沐浴，可以增长智慧。有的人来到这里沐浴后变得聪慧，从此获得永生，一生祥和。如果你去血液池里沐浴，你将变成石头。没人会主动去血液瀑布，可是有许多人不小心掉进去，因此血液池里满是那些可怜人变成的石头。这些石头已被瀑布冲刷得无法分辨，它们看上去只是随时间被磨损的普普通通的石头。

这两道瀑布所在的土地上，住着一个国王和他的女儿。国王每天都鼓励这位公主，她从小就觉得自己可以成就任何事，没有什么可以难倒她。国王很高兴。多么优秀的女儿啊。她不但自信满满，还有可爱的小脚丫，精致的小手，以及圆鼓鼓如苹果般的脸颊。国王希望女儿过上完美无缺的生活。要做到这一点，他必须拥有智慧。

“给我备好马，”国王吩咐仆人，“我要去红酒瀑布池沐浴。”

“陛下，您可得小心啊，”国王的男巫说，“两道瀑布看起来一样，很容易就走错了，最后变成石头。”

“为了我的女儿，”国王说，“我心意已决。你来陪我上路吧。我们总会有办法做出正确的选择，说不定我们还可以打破血液瀑布的诅咒。”

整个城镇的人都对国王的心愿议论纷纷，闲话也传到了公主的耳

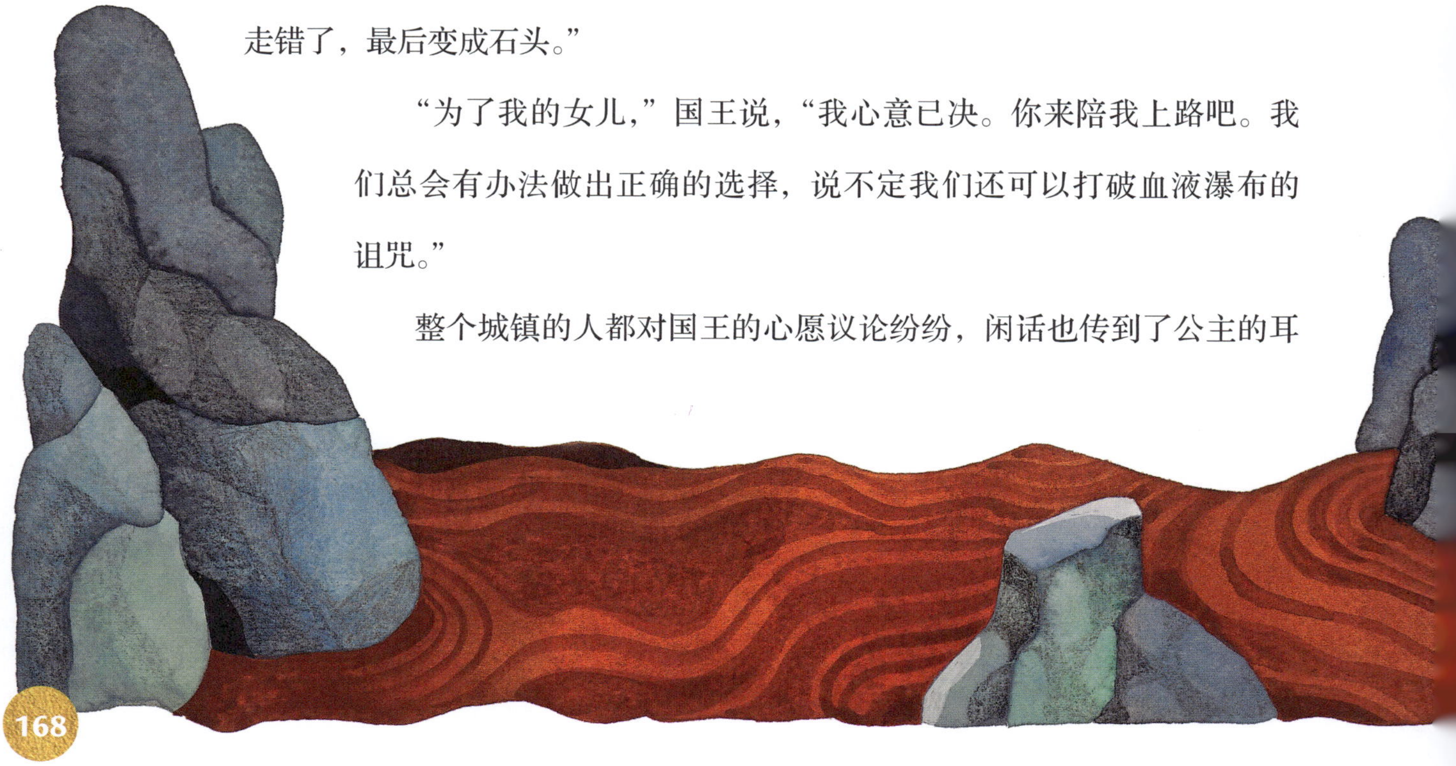

朵里。

“红酒瀑布在哪里？我也想要变得聪慧！”公主问一个仆人。

“我心爱的公主啊，千万不可大意。红酒瀑布旁边就是血液瀑布。哪怕一滴血溅到你身上，你都会变成石头的。”

“我才不害怕。我可以完成任何事。去帮我备马。”

公主驾马飞驰而去，赶在父亲之前来到了那两道瀑布边。它们是如此宏伟壮丽。瀑布的水发着光，就像闪烁的红宝石。她跳下马，潜入了最近的那个水池。变化来得如此之快，公主身上的血液还没冷却，她整个人就化作了石头。

国王很快就赶到了。那是什么？他从马上滑下来，慢慢地走向那具雕像。它的手、它的脚、它的脸颊无一不像公主。国王认了出来，那具石像就是他的女儿。就在国王注视那具石像的同时，她脸部的线条消失了，手臂的线条也消失了，她变成了一块无法辨认的石头。国王跪倒在地，眼泪成河。终于，他踏上马，回到家。由于自己草率的决定，女儿丢了性命。欲望可以杀死人，这份悲伤的智慧沉甸甸地压在他胸口。

一天，一位远方的王子途经国王的领土。这位王子听过魔法瀑布的传说，可是并不相信它们的存在。不过，他

恰巧经过了这两道瀑布。这时，他终于意识到关于魔法瀑布的传说原来都是真的。王子为那些不幸被变成石头的灵魂祈祷。他走近了那道血液瀑布，只见一汪漩涡之中有一颗耀眼的红宝石。王子用一根木棍将它打捞上来，等它干了以后，装进了口袋。

王子回到自己的城堡，将这颗红宝石交给珠宝匠，说："请用它给我做一个护身符。"

珠宝匠人们全都对这颗宝石的美丽赞不绝口：

"太惊艳了！"

"我从没有见过如此完美的宝石。"

"这颗石头有其独到之处。在它的美丽外表背后还有一些特别之处。"

"是的！某种力量。我也不清楚，但我知道它具有某种魔力。"

于是珠宝匠人们找来了王室巫师。巫师仔细查看了这颗红宝石后，转头对王子说："您不可以用这颗石头做护身符，因为有一位公主被困在里面。是她先召唤了你，因此你才在那个打着漩涡的血液池中看见了这颗奇异的石头。"

王子当即判断巫师所言属实，因为他感到红宝石现在还在召唤他。

"我该怎么做，巫师？我要怎么做才能解救她？"

"回到魔法瀑布那里，把这颗红宝石放入红酒瀑布的水池中。流淌在它周围的智慧将打破魔咒。"

王子返回那片有两道魔法瀑布的土地。他将红宝石放入红酒瀑布中。石头一层一层，慢慢地消失，然后王子发现自己正握着公主的手。由于被困数年，她浑身湿

宝石和珠宝

红宝石是矿物刚玉的红色品种。除红色之外的宝石级刚玉被称为蓝宝石。矿物中的铬元素赋予了红宝石从粉到红，深浅不一的色调。墨西哥盛产一系列宝石，包括蛋白石、玛瑙、绿松石、碧玉和黑曜石。早在公元前，墨西哥的玛雅人就开始把宝石作为装饰品。

透，面带倦容。但她是那样的美丽，因为红酒瀑布的水流将智慧注入了她的身体。这智慧让她紧紧拉住了王子的手，于是王子跌进了智慧池。

王子和公主在水池里嬉闹着，还喝了很多酒。接着他们去了血瀑布，用木棍打捞出其他的石头带到红酒池里清洗，这样一来，那些被困在石头里的人们就一一复活，重获自由了。

公主说：“再也不要有人变成石头了。”于是，公主、王子和重获自由的众人一起爬上了山顶，从源头堵住了血瀑布。

公主把王子带回家。她的父亲虽已年迈，但仍旧一眼认出了她。欣喜的老国王将自己一半的王国赠予王子，另一半赠予公主。

王子和公主花了一段时间了解彼此。毕竟他们都是有智慧的人，希望更慎重地做出决定。随着时间的流逝，他们认为彼此的确合适，他们相爱了。最终，王子和公主结婚了，他们带着仁爱之心共同统治王国，就像每一个拥有智慧的统治者那样。

北美苏族传说

无所畏惧

四个幽灵在一起消磨时间，幽灵们打发时间的方式无非是聊天、大笑、吸幽灵们吸的烟。那真是一段美好的旧时光啊。

第一个幽灵说："我认识一个年轻人，他什么也不怕，连我们都不怕。"

第二个幽灵说："胡扯。我去吓唬吓唬他，保准吓得他心脏突突直跳。"

第三个幽灵说："我可以让他吓得发抖，像个小孩一样藏起来。"

第四个幽灵说："我们打个赌怎么样？谁能让那个年轻人最害怕，另外三个就把自己的幽灵马送给他。"

大家表示同意。

过了不久，那个什么都不怕的年轻人在明亮的月光下走了过来。第一个幽灵以骷髅的形象突然冒出来，"嗨，我的朋友。"骷髅的牙齿咔嗒作响，像在敲鼓。

"嗨，哥们儿。借过。我得从这儿走呢。"

"我们得先玩一局棍子和项圈的游戏。输的那个人要变成骷髅。"

"你已经是骷髅了啊。"那个什么都不怕的年轻人说。他笑着，把骷髅弯成一个圈，用草绑紧，还把骷髅的一条腿骨取下来当作棍子，一路赶着圆圈往前滚。"哈哈！我赢了。想不想玩抛球游戏？"年轻人用那根腿骨把骷髅头一下击上天，就像击球一样。

"嗷嗷嗷嗷！"骷髅尖叫，"我的头好疼啊！"

"是谁先提议玩游戏的？"年轻人说着，踢了骷髅头一脚，继续向前走。

这时，第二个幽灵闪现在年轻人面前。他也装成一具骷髅，抓住了年轻人的双手，说："朋友，一起跳一支舞吧？"

"好呀，哥们儿。不过我们需要鼓点伴奏呀。"什么都不怕的年轻人一把抓过骷髅的头塞在腋下，又抓过骷髅的大腿骨当作鼓槌，敲打骷髅头。

“嗷嗷嗷嗷！”骷髅头尖叫，“我的头好疼啊！”

“真的吗？幽灵是不会感到疼痛的。”

“我会的。”

“你看你老发牢骚，败了我们跳舞的兴致。”什么都不怕的年轻人一脚踢开了骷髅头，又把剩下的骨头甩了过去。

“烂家伙！”骷髅头尖着嗓子喊，“我得花好几个小时才能把自己重新拼装起来。”

“那你现在就要开工咯。”什么都不怕的年轻人继续向前走。

这会儿，第三个幽灵出现在他的面前，再一次以骷髅的样子挡住了年轻人的去路。

“你可真无聊，”什么都不怕的年轻人说，“我不是已经遇见你两次了吗？”

“你遇见的是我的朋友，他们可没法跟我比。你试试跟我摔跤，谁输了谁就变成骷髅。”

“你跟你那群朋友一样——没脑子。你已经是骷髅了啊。再说了，我不想摔跤，我想坐雪橇滑下山。看这厚厚的积雪。你的肋骨没法跟水牛的相比，不过我也只能用它来当我的雪橇了。”什么都不怕的年轻人跳上了骷髅的胸骨，一路滑下了山坡。他高喊：“耶！”

“快停下！”骷髅喊道，“我的肋骨要被你折断了。”

“看你没了肋骨有多矮，太好玩了。”什么都不怕的年轻人说着就把骷髅的胸骨扔进了小溪。

“不要啊！我需要我的肋骨！”骷髅高声呼喊。

“那就跳下小溪啊，”年轻人说，“你也该洗个澡了，脏兮兮的男骷髅。”

“我是个女骷髅。”幽灵说。

“哎呀，要从一堆骨头之中分辨是男是女可真不容易。”什么都不怕的年轻人继续往前走。

这时，第四个幽灵出现了。他是四个幽灵的首领，骑着一匹骷髅马，仍旧以骷髅的形象出现。他对年轻人说：“我要杀了你。”

“呸！”什么都不怕的年轻人做了个鬼脸，他露出了自己的牙齿，翻了翻白眼，还咆哮了一声，“你知道吗，我也是幽灵，而且是个比你可怕得多的幽灵。”

幽灵之首有些惊恐。他想要掉转马头，可是那个什么都不怕的年轻人一把握住了缰绳，对他说：“滚下来，这马现在是我的了。”年轻人把幽灵从坐骑上拽下来，把他打成了碎片。他自己骑上了骷髅马，一路来到了营地。

这会儿已是破晓时分。女人们在取水的路途中，看到这位什么都不怕的年轻人骑在一匹骷髅马上，她们害怕得尖叫。村里其他人从帐篷里偷偷往外看，都不敢出来，只敢待在帐篷里瑟瑟发抖。

待到太阳完全露出时，骷髅马就消失了。

什么都不怕的年轻人笑了又笑。他把自己如何让四个幽灵蒙羞的经过讲给村里所有人听，大家都很崇拜他。没有什么能吓到那家伙吧。

一个村民说：“嘿！看啊，那儿有只小蜘蛛。”

“什么蜘蛛？”什么都不怕的年轻人问。

“就是那只啊，正顺着你的袖子往上爬呢。”

“哎呀呀！”什么都不怕的年轻人尖叫起来，“快把它弄下来，快点！我讨厌蜘蛛！”他害怕得浑身发抖。

一个小女孩捉住了那只蜘蛛，她忍不住哈哈大笑。

危险的小动物

这个故事取笑的是一个连鬼都不怕却害怕蜘蛛的人。事实上，几乎所有的蜘蛛都会制造毒液来杀死猎物，只是大多数蜘蛛的毒液都不足以杀死一个人。不过，其他许多小型生物能产出可能使人丧命的毒素，比如鸡心螺、箭毒蛙和蓝环章鱼，还有包括轮状病毒和若干种细菌在内的微生物也会有致命性。所以这个故事中的主人公也并非那么傻。

北美夏延人传说

眼球的把戏

韦乔喜欢吹牛和扮小丑。他总在努力表现，想让别人觉得他很重要。

一天，韦乔遇见一个巫医。巫医说：“你想看我耍把戏吗？”说着他高喊：“两只眼球，飞出我的脑袋，去那棵树上挂着。”一刹那的工夫，只见巫医的两只眼球从他脑袋上飞了出去，挂到了那棵树上。

韦乔看呆了。这怎么可能？

巫医又喊了一声：“两只眼球，回到属于你们的地方来。”眼球就飞回来了。

“真是奇妙的把戏！”韦乔踱着步子，来回转圈，说，“教教我吧，把你的超能力分一点儿给我就行。”他想，只要学会耍这个把戏，大家都会把他当个人物。一定要学会！

“好啊！”巫医说，“不过我警告你，这个把戏你一天只可以耍四次。如果你耍到第五次，两只眼球就再不会回到你身上了。”

韦乔说：“我保证。”离开后，他兴奋得全身发麻。那个巫医真的把自己的超能力，哪怕一点点的超能力传给他了吗？韦乔走到一处没人的地方，说：“两只眼球，飞出我的脑袋，坐到那个岩脊上去。”一眨眼的工夫，韦乔就什么也看不见了！他轻轻地、慢慢地抚摸自己的脸。原先眼球所在的地方现在变成了空空的眼窝。他的心怦怦直跳，“眼球们，回到属于你们的地方来吧。”眼球飞回了他的眼窝。太好了，太好了！他拥有了超能力！

韦乔独自一人往前走。前方有一棵树。他得再试试这把戏，不然怎么知道他是不是产生了幻觉呢。“两只眼球，飞出我的脑袋，去挂在那棵树上。”说着他就瞎了眼。韦乔打了个响指，说：“回来吧，两只眼球！”眼球乖乖回来了。

这可是韦乔经历过的最棒的事了！他有了超能力，他现在是个重要人物。他又耍了两回把戏，确认自己已经完全掌握这一招数了。

韦乔一路欢快地溜达，来到一个村庄，见许多人聚集在一起聊天。“猜猜我有什么特异功能？”他对这帮村民们说。他得让人们知道他有多重要，他们应该对他大加赞叹。“我可以让我的眼球飞出我的脑袋，并且……”韦乔环顾了四周，“让眼球挂在那棵树上。而且我要它们回来，它们就会迅速地飞回来。”

村民们都大声嘲笑他：“骗子！”

“千真万确！”韦乔气得直跺脚，“我有巫医的超能力！”

“那就证明给我们看啊。”

韦乔挠了挠头。这个把戏他今天已经耍了几回了？他的眼球已经飞出脑袋四次了，他很确定。但是第一次……第一次嘛，不能算数，毕竟那是练习。他应该可以再耍一次，“眼球啊眼球，飞出我的脑袋，去那棵树上挂着吧。”

眼球照做了。

“真神奇！”人们惊呼。

“真是超能力啊！”

“要说真有巫医的话，他算一个。”

韦乔趾高气扬地走在人群中，也不在乎撞到了谁。太好了，太好了！他终于成了自己立志要成为的那个人。最后他喊道：“嘿，眼球们！回到属于你们的地方来吧。”

可那两只眼球仍挂在树上，在太阳的照耀下闪闪发亮，像空气一样自由。

韦乔的喉咙一紧，肚子也开始难受。他喊着：“回来啊，现在就回来。”眼球还是没有回来。“你们这两只肮脏的眼球，立刻回来！你们要听我的指挥！”仍没有动静。

这时有人说：“看那头牛。”

韦乔听到了拍打翅膀的声音。

“这眼球看起来不错嘛，”牛说，“要不我把它们吃了呗。”——“咕噜咕噜”——“真好吃啊。”

一个村民说：“这样看来，他也算不上什么巫医啊，是不是？”众人笑着走开了。

韦乔张开双手，踉踉跄跄地行走。现在该怎么办？没了眼睛他不知道该怎么办，走到哪里了他也不知道。他走啊走啊，进入了一片凉爽的森林。他扑通一声倒下，撞到了一块石头。韦乔双手抱头大哭起来。

“吱吱。”一只老鼠在叫。

“亲爱的小老鼠，”韦乔说，“行行好吧，借我你的一只眼睛，这样我们都能看见了。”

“我的眼睛太细小了，”老鼠说，“对你能有什么用处呢？”

“求你了，就算小也比什么都没有好。求你了，求你了。”

这只小老鼠心地善良。它挤出了一只眼睛，给了韦乔。

老鼠说得对，它的眼睛太小了，在韦乔的眼窝里晃来晃去。但韦乔至少可以看见一缕光了。他站起来，走出了森林，来到一片田野。在这里他遇见了一头水牛。

“勇敢的水牛啊，”韦乔对它说，“亲爱的、强壮的水牛兄弟啊，我只有一只

细小的老鼠眼睛，几乎什么也看不见。行行好吧，借我一只眼睛，这样我们都能看得清了。”

“我的眼睛很大啊，”水牛说，“你拿一只这么大的眼睛能做什么呢？”

韦乔再一次可怜兮兮地乞求。

韦乔无休无止的哭泣和抱怨让水牛不堪其扰，他终于挤出一只眼睛送给了韦乔。

现在的韦乔有一只细小的老鼠眼睛和一只巨大的水牛眼睛。老鼠眼睛让所有东西看起来都只有十分之一的大小，水牛眼睛让所有东西看起来都有两倍大。老鼠眼睛在眼窝里来回晃荡，水牛眼睛撑大了眼窝且变得干涩。韦乔觉得头痛欲裂，他走了好久才回到家。

“韦乔，”老婆喊道，“你的眼睛怎么了？一只这么小，一只这么大。”她皱起了眉头，问：“你今天到底干什么去了？”

韦乔把当天发生的事情告诉了老婆。

她点点头，说：“也许你该停止哗众取宠了。你不需要变得重要，也不需要令人称奇。我们大多数人都是普普通通的。”

韦乔想了想，说：“你说得对。”

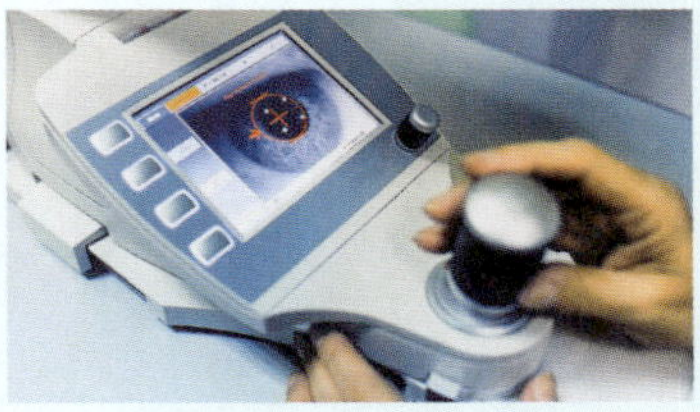

移植的类型

当一个人生病或受伤，他们的某个器官衰竭的时候，比如肝脏、肺、肾脏、胰腺，甚至是心脏，外科医生都可以从捐赠者那里移植一个健康的器官给病人。在这个故事中，老鼠和水牛都是器官捐赠者，他们给出了自己的眼球。但在现实生活中，眼球是不能移植的。这是因为没有视神经，眼睛就无法工作。现代医学至今还没能成功将视神经与眼球一起移植。不过，眼角膜是可以移植的，它是保护眼睛免受污垢和细菌侵害的透明外层。移植眼角膜在全球范围内都是很常见的移植手术，可以帮助病人恢复视力。

北极因纽特人传说
女人和熊孩子

一个老妇人沿着冰冷的海岸线走着。疾风低低地掠过白雪覆盖的大地，妇人抬脚的一瞬间，脚印就被吹起的雪片掩盖。妇人全身上下都裹着海豹皮，从宽大的头罩一直到脚上的靴子，因此她的身体并不冷。可是她的内心、她的灵魂感觉要冻僵了。

一群步履艰难的男人从她身边经过。这群人手里拿着两种鱼叉：一种是三齿的，一种是海象牙齿做的一齿鱼叉。他们是老妇人认识的那些女人们的丈夫们和儿子们，这些男人为了养家糊口，正在去往打猎和捕鱼的路上。老妇人自己既没有丈夫也没有孩子，她的邻居们会拿食物与她分享，所以她至少不会挨饿。但是她的心和灵魂仍然空虚。

妇人停住脚步，望向大海，她的心中涌起一股强烈的渴望。要是她有个孩子就好了，孩子能温暖她的心，滋养她的灵魂。

那是什么？那块冰的冰尖儿上是什么？他有北极兔那么大，但身型又不像。是一只小狐狸吗？妇人走近了瞧，原来是一只北极熊幼崽独自坐在那儿。妇人一靠近，那只熊仔便哭了起来。他黑得发亮的鼻子下面露出亮粉色的舌头。

老妇人又走近了些，熊仔哭得更响亮了。他是那么小，那么脆弱无助。他为什么会在这里？还不到从雪窝洞里出来的时候啊。妇人原地打转，想找到熊妈妈。只要周边有熊，现在都应该能轻易嗅到她的味道。那个熊妈妈应该早就来救自己的宝宝了——她要是可以的话，肯定会来的。熊妈妈一定死了。也许这是熊宝宝第一次离开雪窝洞来到外面的世界，他要找妈妈。可怜的宝贝迷路了。他成孤儿了？

老妇人径直走到熊仔跟前，小熊一双深棕色的眼睛盯着她。妇人抱起熊仔，用自己的鼻子贴住小熊的鼻子，这是传统的亲吻方式——库尼克。熊宝宝舔了舔妇人的鼻子，她觉得她的心融化了，灵魂也融化了。“你好啊，我的儿子，”

妇人说，“我亲爱的库尼克。”她将小熊拥入怀中，熊仔张开了他的小手小腿，紧紧地扒在妇人身上，还把头塞进了她的腋窝。

库尼克吃饭走路睡觉都跟老妇人在一起。不久后，小熊就被村里的孩子们带着在冰上滑行，在雪里打滚。库尼克不但擅长追雪球，还很会做雪球。确切地说，他是村里的孩子们遇到的最棒的玩伴。

没多久，库尼克就不再是那个小小的熊仔了。到了春天，他已经有雪橇犬那么大，像小孩那样独立又好奇；到了秋天，他为老母亲抓来鲑鱼；到了冬天，他为她抓来了海豹。库尼克很快就成了村子里最棒的捕鱼手。

其他的猎人和渔夫心怀嫉妒——他们的捕猎技术和一只熊比起来相形见绌！这可怎么行？于是猎人们和渔夫们一起谋划要把库尼克杀掉。

一个小男孩偶然偷听到这帮男人的谈话，他跑去告诉了老妇人。妇人伸出双臂紧紧抱住库尼克，抽泣了起来。她决不允许他们实施杀死他的计划！老妇人拖着沉重的脚步从一个冰屋走到另一个冰屋，哀求每一个猎人和渔夫不要杀死库尼克，“要杀就杀我吧！求你了。让我的宝贝儿子活下去。”

“老女人你不要吵了。他已经长成了一只大块头的熊，杀了他可以喂饱全村人。”

“再说了，熊是危险的动物。他到现在都没把我们当成猎物，这真令人诧异。我们不可以让他继续在我们身边晃悠了。”

老妇人急匆匆赶回家，对库尼克说：“我的孩子，你是我的心和灵魂的珍宝，快跑吧。”妇人一边说一边擦眼泪，“快跑，别回来。逃出去，活下来。不过别走太远让我找不到你啊，我一定要再见到你。终有一天要再见到你。快跑吧。”

库尼克迈着大步跑开了。

老妇人和孩子们静静地坐着，悲伤笼罩了他们。

时光流逝，一个又一个冬天过去。一天，老妇人很想很想库尼克，她一定要见到他。妇人沿着冰冷的苔原走着，一遍又一遍呼唤库尼克的名字。终于，一只巨大的熊冲她飞奔过来，他的皮毛又白又亮。库尼克和老妇人紧紧相拥，他从喉咙里发出一声低沉的呻吟。老妇人轻轻地说：“我也爱你。”

库尼克来时跑得多快，现在跑开就有多快。他带回来一只海豹。老妇人把海豹剁成小块，母子二人共享了一餐美食。老妇人说：“我明天再回来看你哟，我保证。”

就这样，母子二人每天都见面。库尼克为老母亲找来食物，老母亲表扬他，拥抱他，用鼻子贴贴他的鼻子。如果你足够幸运，只要你留意，没准你也能瞅见他们就在你的窗外，母子二人在爱中彼此温暖，彼此滋养。

因纽特人的传统

因纽特人是自古以来生活在阿拉斯加、加拿大、格陵兰和西伯利亚这些北极地区的人。这片土地为人们提供了鱼类、家禽和肉类，夏季还有浆果和植物。因纽特人对于猎捕到的动物会物尽其用。猎物的肌肉和器官是食材；皮毛做衣服；油脂用来点灯；骨头被雕成或削成工具、家居用品、珠宝和雕塑。因纽特人对他们赖以生存的动物充满了尊敬和欣赏，其中就有巨大而危险的北极熊。因纽特人十分敬重母熊和幼崽之间的亲密联结。

后记

我是带着几个目标收集这些魔法故事的。第一就是要让读者笑起来，如今我们是多么需要开怀大笑啊。所以我没法拒绝这样一个故事——一个哗众取宠的人为了证明自己了不起，差点把自己毁了。他的老婆指出：我们大多数人都是普普通通的。我还收录了一个故事，说的是一个人不怕鬼魂，却被一只蜘蛛吓得不轻，还得让一个小姑娘帮他把蜘蛛弄走。聪明伶俐也好，笨得可以也好，都能让人发笑。

书中的有些故事并没有幽默的情节，然而我的幽默本性还是让我被它们吸引了。这也是我身为一个作家开辟的新领地。我常常复述神话传说，在讲述这类故事时我会保持敬重的口吻。但本书中的魔法故事来自传统的民俗故事，要把它们传递给一个当代儿童，就得把故事讲得有趣、让人印象深刻，最好还能使人有愉快的感受。所以我在复述这些故事的过程中是带着现代感性思维的，力求在人们的对话方式和他们的自省方式中找到幽默的表达。

于是我的下一个目标就是要找到多种多样的魔法故事类型。这些故事中当然包含了会说话的动物，还有一根会听指令打人的木棍。这些故事中有我们熟悉的魔法——一块能让人隐身的头巾，还有我们想不到的魔法——一个老妇人的膝盖可以藏下她所有的子女和他们的狗。但很重要的一点是，我们一次又一次看到魔法的局限性。膝盖里藏着的人和动物可以随意出入，但当有人往妇人身上扔了一块布的时候，孩子们就没有办法绕过这块布接触妇人。魔法必须有所限制，不然拥有魔法的人总能得胜，故事就不好玩了。

我还收集了一些故事，它们挑战了魔法的传统定义。其中一个故事里，一位王子觉得自己是一只火鸡。魔法在哪里呢？谁能说他究竟是不是火鸡呢？我们的精神状态在多大程度上能把那些他人无法相信的事情转化成现实？还有一个故事说的是一位老妇人收养了一只北极熊，这只熊必须在村民们杀死他之前逃走。不过现在，这位妇人和已经成年的熊时常碰面，一同分享食物。这是魔法吧？一方战胜了因恐惧逃跑的本能，另一方战胜了捕杀猎物的本能，这是魔法吧？老妇人和熊之间的母子之爱是魔法吧？

我还希望讲述那些能把读者带到不同时空的故事。我的目的不是要讲具有代表性的故事，而是让读者体验不同的时空。开始的几则是来自欧洲的故事，然后一路南下去了三个非洲国家，接着我们去了地中海东部、北亚、东亚，然后又向西转圈来到了印度、斯里兰卡，再向东行驶，沿途停留，最后到了澳大利亚。我们从斐济穿过了太平洋，继而来到南美洲，再一路往北进入中美洲和北美洲。这是一条途经整个地球的环形线路。我在故事的选择上也侧重原住民的故事。

最后，我想讲述那些读者们大概率没有听过的故事，除非他们来自某个故事的发源地。最初我以为这些故事的主题会有所不同，不过当我把所有故事集结成册的那一刻，我看到了统一的主题。

我们多次遇到单亲父母和年幼的孤儿。在中世纪早期，一个人如果活到六十多岁就很幸运了。不过在十四世纪，在瘟疫肆虐的非洲、亚洲和欧洲的一些地区，人的平均寿命只有四十五岁。接下来的几百年间，人类的寿命仍很短。所以在这些故事中死亡的阴影几乎是不可避免的。

只是有时这阴影被荣耀遮蔽了。一个穷孩子偶然发现一棵榕树的叶子有起死回生的能力，最后这个孩子抓着榕树的树根一齐飞到月亮上去了，从此孤独地住在月亮上。不过他时常低下头看看父母的脸庞，以此得到安慰。一个孤儿有惊人的好运，后来发现带给他幸运的女孩住在太阳上。他们相爱了，但是男孩能做的也只是抬头看看天空中的她，说那句女孩爱听的话。

这本书的故事里不乏饥饿的人和无家可归的人。吃不上饭的儿童很早就要开始工作，即便是这样，他们也强过那个无依无靠、露宿街头的孤儿。还有一个故事的主人公为富裕的雇主碾米，自己却只能吃剩在臼里的一点粉末。

这些故事里的人物并没有在财富中获得“生命的答案”。他们之中，有的人梦想过上奢华的生活，但这些梦想是有误导性和欺骗性的。一只被砍了的公鸡有机会娶王后为妻，可它意识到自己并不了解王后，它宁可回去过以前的生活，只要没有残忍之人的干涉就好。一只青蛙可以听从国王的吩咐，为他效力并领取奖赏，可是卷入了一场致命的危险。最终，它回到稻田，重新过上了简单的生活。财富根本没有带来幸福，甚至没让生活变得更容易。

或者说生活还是可以过下去的，这些故事里的大多数主人公都不是绝望的人。相反，他们足智多谋，不屈不挠。他们喜欢吹长笛给放牧的羊群听。他们

和身边的妖怪交朋友。他们变成了天鹅，却还保持着歌唱、大笑和开玩笑的习惯。确实，音乐和笑声是关键，即便只是为了生存。一个再不会笑就要死去的公主，最后被一个牧羊人救了。一群人的生命受到一只美洲豹的威胁，最后它被音乐诱入陷阱，全村人因此得救。

在这些故事中我们还看到了善良。一个孤儿长大赚钱之后，建了一所医院和一个公共澡堂。一位赶路的绅士一路收留了一群搭便车的人，并把大家组成团队，解救了一个快要被老虎吃掉的姑娘。一个女孩为鸟儿包扎受伤的翅膀，解救了困在荆棘丛里的兔子，给被拴住的老牛送水喝，而且她还不计前嫌，把残酷的继母接来与自己同住。这些人物的所作所为是不计回报的，他们这么做只是出于善良。

想象在很多年以前，人们会聚集在一起听这些故事。还有什么比一个讲述者用如音乐般的声音带我们走近魔法更美妙的事呢？读到这些人物的小聪明、小毛病，我们开怀大笑，还有什么比这更好呢？是什么让我们在第二天的夜晚想要听更多的故事，难道不是心中的那股笃定感——只要有足够的韧性、谋略、善良，我们就能过上体面的生活？我早就该想到这一主旨。希望这些故事能带给读者力量，让他们在遇到困难时找到内心的那份笃定。

图书在版编目（CIP）数据

世界魔法故事 / (美) 唐娜·乔·纳波利 (Donna Jo Napoli) 著 ；(英) 克里斯蒂娜·巴利特 (Christina Balit) 绘 ；张芸译. -- 南京 ：译林出版社，2024.5

(国家地理神话故事宝库)

书名原文：Treasury of Magical Tales From Around the World

ISBN 978-7-5447-9797-9

Ⅰ.①世… Ⅱ. ①唐… ②克… ③张… Ⅲ. ①童话－作品集－世界 Ⅳ. ①I18

中国国家版本馆 CIP 数据核字（2023）第203845号

All artwork by Christina Balit unless otherwise noted below:
Sidebar background (throughout), Naoki Kim/Adobe Stock; 9, michaklootwijk/Adobe Stock; 13, Peter Smith/Alamy Stock Photo; 20, Andocs/Shutterstock; 27 (LO), Phuong D. Nguyen/Shutterstock; 32, papkin/Shutterstock; 39, Gideon Mendel/Getty Images; 49, Byelikova Oksana/Adobe Stock; 53, Martin Gray/National Geographic Image Collection; 64, mirzamlk/Shutterstock; 71, Randy Rimland/Shutterstock; 75, Juriaan Wossink/Alamy Stock Photo; 82, an-Stefan Knick/EyeEm/Getty Images; 88, Vladimir Medvedev/Nature Picture Library; 95, 23frogger/Shutterstock; 102, MediaProduction/Getty Images; 108, Tuul & Bruno Morandi/Getty Images; 113, photolife95/Adobe Stock; 120, giemgiem/Adobe Stock; 127, huythoai/Adobe Stock; 130, Edmund Lowe Photography/Shutterstock; 139 (UP), Ivan/Adobe Stock; 143 (LO), RichLindie/Getty Images; 150, Melissa Groo/National Geographic Image Collection; 159, reptiles4all/Getty Images; 165, llukee/Alamy Stock Photo; 170, DEA/G. Dagli Orti/De Agostini via Getty Images; 177 (UP), Marek Velechovsky/Shutterstock; 183 (LO), bluecinema/Getty Images; 189, Cristina Mittermeier/National Geographic Image Collection

著作权合同登记号 图字: 10-2022-75 号

世界魔法故事 ［美国］唐娜·乔·纳波利／著 ［英国］克里斯蒂娜·巴利特／绘 张芸／译

总 策 划 葛庆文
执行策划 陈 叶 彭 波
执行统筹 彭 波 王 维
责任编辑 朱彩霞
装帧设计 韦 枫
校 对 王 敏
责任印制 单 莉

原文出版 National Geographic Partners, LLC, 2021
出版发行 译林出版社
地 址 南京市湖南路 1 号 A 楼
邮 箱 yilin@yilin.com
网 址 www.yilin.com
市场热线 025-86633278
排 版 南京新华丰制版有限公司
印 刷 鹤山雅图仕印刷有限公司
开 本 889 毫米 ×1194 毫米 1/16
印 张 12.75
插 页 4
版 次 2024 年 5 月第 1 版
印 次 2024 年 5 月第 1 次印刷
书 号 ISBN 978-7-5447-9797-9
定 价 129.00 元

国家地理神话故事宝库

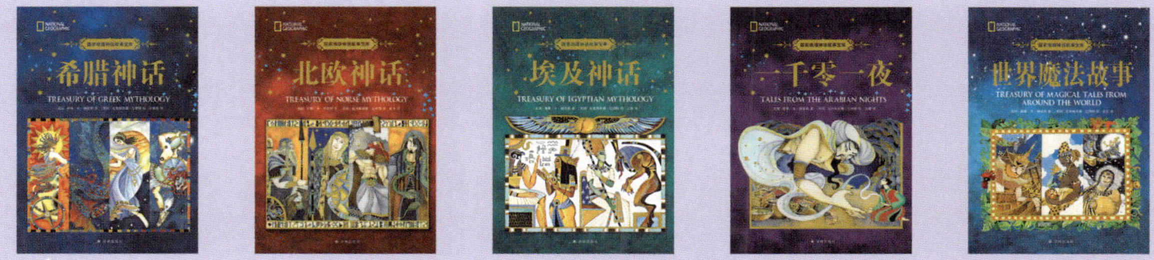

了解人类文明，开启智慧之门

- 扣人心弦的故事
- 清晰生动的叙事
- 科学严谨的知识
- 色彩丰沛的插画

语言学家专为青少年编写，屡获殊荣

- 美国儿童图书馆学会杰出童书奖
- 美国优质童书奖
- 《学校图书馆》杂志年度图书
- 长居亚马逊儿童古代历史畅销书榜

作者简介

唐娜·乔·纳波利

语言学家、诗人、童书作家，在哈佛大学获得数学学士学位、意大利文学硕士、语言学博士学位，现为斯沃斯莫尔学院语言学教授。她对神话、民间传说和童话有浓厚的兴趣，并长期进行研究，著有七十多部童书，这些作品曾获金风筝奖、美国优质童书奖、父母选择金奖等，入选美国《学校图书馆》杂志年度图书、《柯克斯书评》年度图书等。

绘者简介

克里斯蒂娜·巴利特

插画家、剧作家，毕业于英国切尔西艺术学院和皇家艺术学院，已为三十多部童书绘制了插图。作品曾入围英国凯特·格林纳威奖短名单，获得英国英语协会图书大奖等。